한국어 3부법: 음운·형태·통사

韓語三部法
音韻·構詞·句法

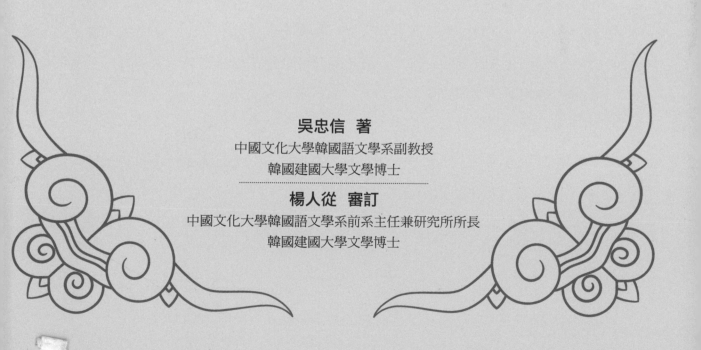

吳忠信 著
中國文化大學韓國語文學系副教授
韓國建國大學文學博士

楊人從 審訂
中國文化大學韓國語文學系前系主任兼研究所所長
韓國建國大學文學博士

作者序

　　隨著學習語言的時間增長，心裡常泛出一句問自己「這樣正確嗎？」的問句。以一個外國人的身分學習著非母語的心境，「正確與否」的拿捏便漸感重要。

　　在教育現場，特別是在教導初學者的時候，時常將「學習語言」與「一場球賽」做一比喻。學習語言猶如參加一場球賽，規則必須先學習正確，才能夠上場打球，不是嗎？譬如籃球賽中，我們都知道「帶球上籃」、「灌籃」、「三分球」諸如此類的用語，然而，這些得分的名詞規則又是如何？於此，冀望能學習好一種外語，那麼「說」、「讀」、「聽」、「寫」、「譯」等這些要素的名詞規則又是如何？換句話說，球類比賽需要規則，同樣的語言學習也需要規則，此規則便稱為「文法」。筆者撰寫此書最大立意，便在於提供韓語學習者能有相關的語言規則（文法）可循。

　　本書，是筆者有鑑於韓國開化時期（約1876-1910）的韓國語言學者們接受西方文化的語言觀念與詮釋方式，針對自己國家的語言文法規則，嘗試著去予以制定與詮釋出一套屬於自己國語的執念而深受感動，於是借用了此先人們的智慧所累積下來的成果，以這段時期文法的一貫風格「三部法」作為書名，著手撰寫出現代韓語文法內容之簡易版本。

　　所謂「三部法」，是韓國近代語言學者們著作文法書籍時使用的專門用語，其內容不外乎是以「音韻」（發音相關）、「形態」（單詞相關）、「統詞」（句法相關）等三部分，也就是學習韓語，最為基礎亦最為重要的三個步驟。

　　筆者為了讓讀者便於理解此三部法，在敘述韓語語法名稱時，是以「漢語文法名稱」（韓語文法名稱）的方式加以詮釋，如：詞彙（單語），「詞

彙」是漢語文法的敘述方式，「單語」則是韓語文法的直譯，都是指「單字」的意思。此外，筆者也嘗試著將現代韓語的文法規範，盡可能以圖表、表格、條列的方式，讓讀者能夠用最輕鬆的方法，理解原文法條文冗長的說明，也讓讀者可以用查詢的方式去理解文法變化的脈絡。當然，一個悠久歷史的韓語，其文法豈是用這區區一本薄書，便能夠一言以蔽之、甚至窺得全貌？當然不是。筆者只是提供了皮毛淺見，僅供參考而已。學海無涯，學無止盡！

本書得以刊行，除了感謝筆者之恩師楊人從教授的審查之外、學界先進的鞭策、辛勞校稿之愿琦與治婷，還有許多給予筆者甚多建言與幫助的先進們，由衷感謝！

藏意寓於文字裡，若汝所往，方築一磚一砌一字一句軌跡，
埋靈魂於語言裡，若汝所言，方得抬頭挺胸向前邁步勇氣。
若汝文法，足矣。

2020年9月於陽明山

漢・韓之語法名稱對照表

　　本書在解釋韓語語法的過程當中所使用的語法名稱，基本上是以漢語語法名稱為先，後補上韓語語法名稱為敘述的脈絡，但是畢竟是兩種不同的語法體系，在語法名稱的使用上實在難以百分之百對應齊全，故，筆者先將較無太大爭議的對應名稱製成表格以便查詢。若無對應者，則是以韓語的語法名稱直譯或相似之漢語名稱作為使用。

	漢語	韓語
1	子音/輔音	子音(자음)
2	母音/元音	母音(모음)
3	氣音/送氣音	激音(격음)
4	緊音/聲門音	硬音(경음)
5	氣音化	激音化(격음화)
6	緊音化	硬音化(경음화)
7	顎音化	口蓋音化(구개음화)
8	音節	音節(음절)
9	音韻規則	音韻規則(음운규칙)
10	詞素	型態素(형태소)
11	詞彙素	語彙素(어휘소)
12	詞形	語形(어형)
13	詞彙/單字/單詞/詞	單語(단어)
14	漢音詞	漢字語(한자어)
15	詞基	語基(어기)
16	詞根	語根(어근)
17	詞幹	語幹(어간)
18	詞尾	語尾(어미)
19	綴詞	接詞(접사)
20	前綴詞	接頭詞(접두사)
21	後綴詞	接尾詞(접미사)
22	造詞法	造語法(조어법)

23	單純結構	單一語(단일어)
24	複合結構	複合語(복합어)
25	衍生語	派生語(파생어)
26	合成語	合成語(합성어)
27	主語	主語(주어)
28	賓語	目的語(목적어)
29	謂語	敍述語(서술어)
30	補語	補語(보어)
31	狀語	副詞語(부사어)
32	定語	冠形語(관형어)
33	插說語	獨立語(독립어)
34	詞序	語順(어순)
35	短語/詞組	語節/文節(어절/문절)
36	短語/詞組/片語	句(구)
37	子句（英文稱謂）	節(절)
38	句/句子	文/文章(문/문장)
39	單句	單文(난문)
40	複句	複文(복문)
41	聯合句	接續文(접속문)
42	並列關係（句）	對等（文）(대등(문))
43	承接關係（句）	從屬（文）(종속(문))
44	多重複句/多重子句	複合文/內包文(복합문/내포문)
45	名詞子句/短語/詞組/片語	名詞節內包文(명사절내포문)
46	定語子句/短語/詞組/片語	冠形節內包文(관형절내포문)
47	狀語子句/短語/詞組/片語	副詞節內包文(부사절내포문)
48	謂語子句/短語/詞組/片語	敍述節內包文(서술절내포문)
49	引用子句/短語/詞組/片語	引用節內包文(인용절내포문)

目次

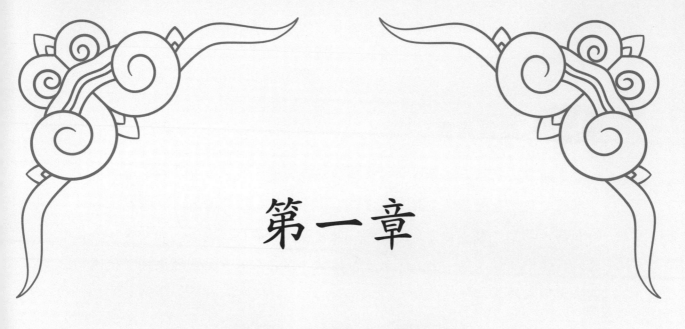

第一章

語言觀

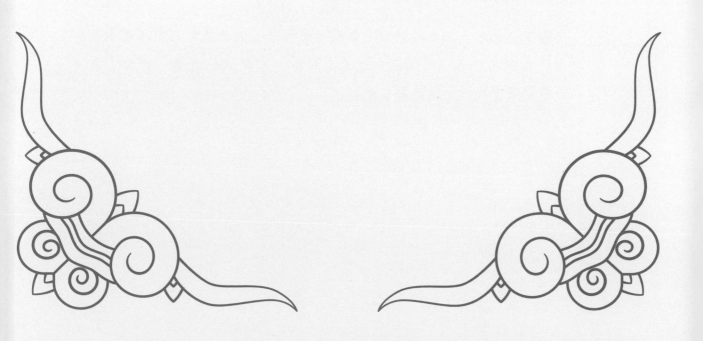

本章節主要是語言本身的意義談起，接著簡單介紹韓語系統以及韓文文字的歷史由來。

1.1 語言意義

「語言」是指人類專有，用來傳達思想、意志或感受的一種音聲符號，可以區分為「音聲語言」與「文字語言」。「語言」本身具有分節性，可以細分為「子音」與「母音」，音的「發聲」同時會與「意義」相結合，在傳達的過程中歷經改變、生成、滅亡等循環，存在於社會共同體之間並使用，無法由個人的意志任意改變。

一般說來，廣義的語言是指包含「音聲語言」、「文字語言」、「身體動作」、「手部動作」、「表情」、「訊號」等所有可以傳達人類意思的方法。而狹義的語言則是指透過人類的發聲器官，以音節的方式所構成的語言。

「語言」也是一個民族的力量象徵，會共享一個民族文明的盛衰興敗，所以亦成為與其他民族之間區別的最大特徵。人類就是透過「語言」來傳達、教授、學習知識，同時發展文明。

1.2 語言分類

　　全世界大約有6千多種語言，其中包含有文字紀錄、沒有文字紀錄、只依靠聲音傳遞、肢體語言等。語言學家將這6千多種的語言大略分為4種類形，分別是：孤立語（isolating language）、膠著語（agglutinative language）、屈折語（inflexional language）、抱合語（incorporating language）。

- 孤立語：漢語、泰語、緬甸語、越南語……

- 膠著語：韓語、日語、土耳其語、蒙古語……

- 屈折語：英語、法語、德語………

- 抱合語：美洲原住民語、愛斯基摩語……

　　各類形的共同點如下：

（1）**孤立語**：沒有詞尾（語尾）變化，沒有虛詞（助詞），詞彙在文章中依照順序位置行使文法功能。

（2）**膠著語**：在句子當中添加帶有文法性質的虛詞（助詞），以詞根（語根）和綴詞（接詞）來表示各種關係。

（3）**屈折語**：詞根（語根）本身加以變化，再加上綴詞（接詞）來行使文法功能。

（4）**抱合語**：以動詞為中心，音節當中的某一個音素固定，前後加上虛詞（助詞）或者人稱代名詞，文章和句子形成的方式相同。

1.3 韓語系統

　　韓語學界一直以來主張韓語應屬於「阿爾泰語系」中一員，這語族的成員大致上有蒙古語、土耳其語、哈薩克語、滿語等。韓語系統受到最大支持的歸屬論說，目前是「阿爾泰語系」，那麼「阿爾泰語系」語族的語言特色應該在某種程度上可以反映出韓語本身的特色。有關「韓語」的語言特色，大致上有下列幾種：

（1）有母音調和現象：

> 詞幹（語幹）母音：陽性母音＋아
>
> 陰性母音＋어
>
> 「-하-」＋여

（2）有頭音規則：

> 림（林）＋리량（俐良）→ 임＋이량

（3）音節初聲子音不重疊：

> ㄱ＋ㅏ → 가（○）、ㅅㅂ＋ㅏ → ㅅ바（✕）

> **備註**　此項現象是以現代韓語而言，若以15世紀之韓語來說，頭音群現象便是子音重疊現象（ㅄ、ㅶ、ㅄ、ㅴ……）。

（4）修飾語在被修飾語之前：

> 예쁜（修飾）＋꽃（被修飾）

（5）具有將「形式詞素（形態素）（語法功能）添加在實質詞素（形態素）（詞彙意思）之後」的性質：

> 밥（實質詞素（形態素））＋이（語法功能）

（6）具有「主語＋目的語/補語＋及物動詞/不完全及物動詞」的句子構造：

이량이가（主語）＋상철이를（目的語）＋사랑한다（及物動詞）

얼음이（主語）＋물이（補語）＋된다（不完全及物動詞）

（7）感覺語（身體內外部受到刺激的表達）豐富，尊稱語發達：

시끄럽다（吵）、매캐하다（嗆）、짜다（鹹）、거칠다（粗糙）＋
습니다/ㅂ니다…

（8）母音同化、子音同化現象明顯：

母音同化1：ㅏ、ㅓ、ㅗ、ㅜ＋「ㅣ」→ㅐ、ㅔ、ㅚ、ㅟ

母音同化2：ㅓ、ㅗ→ㅕ、ㅛ

子音同化：같이[가치]、읽는[잉는]…

　　韓語本身最大的特色還有「虛詞」（助詞）與「詞尾」（語尾）的功能。助詞（虛詞）是表達句子構造成分之間的關係，而詞尾（語尾）是用來表達各種心理態度、尊敬與否、時間、待遇（主體、客體、話者、聽者）等所有內外部相連結的複雜共構關係組合。簡單來說，韓語可以說是一種有規則卻又相當複雜的語言系統。而這些韓語的特色大部分都符合「阿爾泰語系」的特色，這就是學者多半推論韓語的語族應是來自於此之原因。

1.4 韓文文字

1.4.1. 15世紀前韓文

文字是語言表現的工具，在15世紀以前（尚未有韓語文字），韓國借用漢字來表示地名、人名，並用來編寫書籍等。當時雖有借漢字語來表記韓語的情況（吏讀、鄉札、口訣），但實際上卻不易使用，且一般百姓們根本無法接觸到用漢文字表記的機會。

（1）吏讀：漢語語順＋借用漢字（訓借＋音借）。

以郭存中《養蠶經驗撮要》（양잠경험촬요）（곽존중，1415년）為例。

漢文	蠶陽物大惡水故食而不飲
吏讀文	蠶段陽物是乎等用良水氣乙厭却桑葉叱分喫破為遣飲水不冬
現代韓語	누에는 양물이므로 물기를 싫어해 뽕잎만 먹고 물을 마시지 않는다

畫底線部分的詞彙，是韓語借用漢字作為「表意」，如「是 → 이、飲 → 마시」，「表語法意義」如「乙 → 를、冬 → 는다」等。

（2）鄉札：漢語語順＋借用漢字（訓借＋音借），共約紀錄25首鄉歌。

以李基文（이기문，1998）以「鄉歌」（향가）〈處容歌〉（처용가）的開篇及其解釋為例。

鄉札	東京明期月良夜入伊遊行如可飲
諺文解釋	東京 불기ㅣ ᄃ라 밤드리 노ᄂ다가.
漢文	就著東京（指慶州）的明月，遊玩至天明。

鄉札的借用如下所示：

諺文	東京	불기ㅣ	ᄃ라	밤 드리	노ᄂ 다가
鄉札	東京	明期	月良	夜 入伊	遊行 如可

（3）口訣：韓語語順＋借用漢字部首或筆畫作為文法功能＋點記號。

① 復為隱 他方叱 量乎音 可叱為隱 不知是飛叱 衆 有叱在彌

② 復ᛯ几 他方ㄴ 量ㄱ 可ㄴ几 不矢巳ㄴ 衆 有ㄴ㐅

如上述，①是以「鄉札」方式表記，②是以口訣方式表記，可以看出②當中的表記方式，最大特點便是以漢字的部首或筆畫來替代韓語的語法功能。

・部首筆畫圖

寸肘時氏	申	士四示	白	生
	신[sin]	슷[sə]	숩[sərp]	싱[səjng]

氵沙	旧見児	弓𠃊良卩阿牙		厂厓
사[za]	슷[zə]	아[a]		애[æ]

𠃌也	方才令	言言	藦	二八亦余音
야[ja]	어[ʌ]	언[ʌn]	얼[ʌl]	여[jʌ]

曳之	𠂆午五勹丿彳乎		玉	昷溫
예[je]	오[o]		옥[ok]	온[on]

卜臥	西要	于牛	位	鳥	勹衣厶矣
와[wa]	요[jo]	우[u]	위[wi]	은[in]	의[ij]

丶是刂巴伊	弋	引印	成	广刃
이[i]	익[ik]	인[in]	일[il]	이[ŋi]

肘	其斉齊	之	子	他	土吐
제[ʧ/dʒe]	져[ʧʌ]	지[ʧi]	자[ʧa]	타[tha]	토[tha]

下何	丿彳乎尸户好		忽	亐屎
하[ha]	호[ho]		홀[hol]	히[hi]

ソ為爲	人十中
흥[hə]	히[həj]

종성표기

八艮只	丁阝隱	𠃊乙尸	㐱立音
ㄱ final k	ㄴ final n	ㄹ final l	ㅁ final m
卩巴邑	七叱心		
ㅂ final p	ㅅ final t	ㅇ final ng	

　　如上述3種表記法，是15世紀之前，韓文字尚未創製前，朝鮮民族借用外國文字（漢字）來表達自國語言的主要方式。

1.4.2. 15世紀之韓文

　　朝鮮第四代君主「世宗大王」，為了讓百姓方便記載與表達自己國家語言的發音及意思，於是召集了集賢殿的學者們創製了韓語文字，稱為「훈민정음」（訓民正音），又稱「諺文」、「反切」，今稱「한글」（韓文）。

（1）創製：西元1443年12月（世宗25年）

（2）實行：西元1445年　　　（《龍飛御天歌》（용비어천가））

（3）頒布：西元1446年9月　（世宗28年）

　　「訓民正音」（此時是指該書的部分內容，並非最終組合而成之完成本）乃世宗大王所創，《朝鮮王朝實錄》云仿古篆而創製了28個符號（初聲子音17字「ㄱ、ㅋ、ㆁ、ㄷ、ㅌ、ㄴ、ㅂ、ㅍ、ㅁ、ㅈ、ㅊ、ㅅ、ㆆ、ㅎ、ㅇ、ㄹ、ㅿ」、中聲母音11字「ㆍ、ㅡ、ㅣ、ㅗ、ㅏ、ㅜ、ㅓ、ㅛ、ㅑ、ㅠ、ㅕ」）。也就是說《朝鮮王朝實錄》中提到，「訓民正音」是仿古篆方式而創制的28個符號，以初聲、中聲、終聲組合成音節。而這28個符號的概念，並非指28個詞彙，而是以28個發音符號再去組合成音節、詞彙。但是隨著時代的變化，在15世紀時所創立的文字符號，已經漸漸不適合現在代人的發音，有些為了標示漢字發音的符號已經不再使用，例如「ㅿ、ㅇ、ㆆ、ㅸ、ᄼ、ᄽ、ᄾ、ᄿ……」。

另有《訓民正音》一書，介紹了創字動機及原理：

《訓民正音》內容分為：序、制字解（初聲解、中聲解、終聲解）、合字解3部分，簡述如下。

①序：世宗大王創製訓民正音的旨趣。大意是韓國與中國語言本不相流通，卻長久以來借用漢字表記，為了讓百姓能夠暢所欲言、盡所能書寫表達，故而創立文字。

②制字解：子音、母音發音之制製原理及發音法，以初聲、中聲、終聲的順序結合各字母。

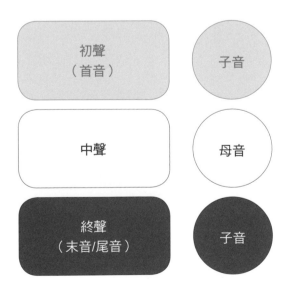

③合字解：

　1）子音之間合併：合併並書（ㅅㄱ、ㅄㄷ⋯⋯），各自並書（ㄲ、ㅃ⋯⋯）。

　2）母音之間合併：天（·）、地（一）、人（ㅣ）為概念彼此合併。

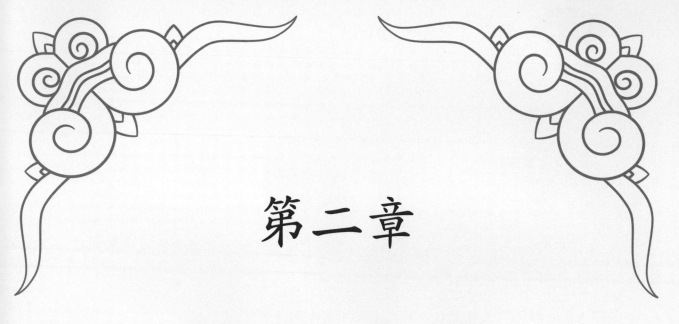

第二章

韓語音韻

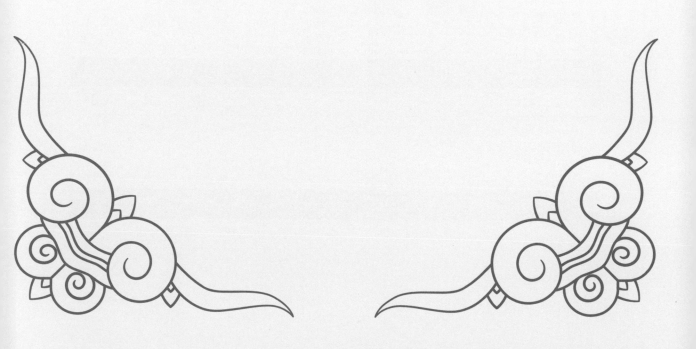

2.1 母音（모음，vowel）

「母音」是指空氣從喉嚨經由口腔吐出時，沒有受到阻礙，並在聲帶中產生震動的聲音。

2.1.1. 母音體系

韓語的母音共有21個，可依照下列幾項基準來分類母音的構造。（母音當中的「ㅐ」（ai）與「ㅔ」（əi）原本在15世紀時是複合母音，來到現代之後漸漸被認為是單母音。）

（1）依照「嘴唇（舌位）模樣」固定與否來分類。

　　①發音時，嘴唇（舌位）模樣固定 → 單母音

　　②發音時，嘴唇（舌位）模樣改變 → 複合母音

• 單母音

1	2	3	4	5	6	7	8	9	10
ㅏ	ㅓ	ㅗ	ㅜ	ㅡ	ㅣ	ㅐ	ㅔ	ㅚ	ㅟ

• 複合母音

11	12	13	14	15	16	17	18	19	20	21
ㅑ	ㅕ	ㅛ	ㅠ	ㅒ	ㅖ	ㅘ	ㅝ	ㅢ	ㅙ	ㅞ

（2）依照「嘴唇模樣」、「舌頭前後」、「舌頭高低」來分類。

舌高低 舌位置 / 舌模樣	前舌		後舌	
	平唇	圓唇	平唇	圓唇
高母音	ㅣ	ㅟ	ㅡ	ㅜ
中母音	ㅔ	ㅚ	ㅣ	ㅗ
低母音	ㅐ	✕	ㅏ	✕

（3）依照「音相」來分類。

　　①過去「音相」分類：

　　　1）陽性母音（音感明朗、輕快）：

　　　　ㅏ、ㅑ、ㅗ、ㅛ、ㅘ、ㅐ、ㅒ、ㅙ、ㅚ

　　　2）陰性母音（音感沉暗、鈍重）：

　　　　ㅓ、ㅕ、ㅜ、ㅠ、ㅝ、ㅔ、ㅖ、ㅞ、ㅟ、ㅡ、ㅣ、ㅢ

　　由於現代韓語母音結構已經改變其「音相」，所以分類也已受到影響。

　　②現代「音相」分類：

　　　1）陽性母音：ㅏ、ㅑ、ㅗ、ㅛ、ㅘ　（特色：朝右、朝上）

　　　2）陰性母音：其他所有母音　　（特色：朝左、朝下、平、直）

（4）依照「現代韓文字母順序」來分類。

　　①基本母音：ㅏ、ㅑ、ㅓ、ㅕ、ㅗ、ㅛ、ㅜ、ㅠ、ㅡ、ㅣ

　　②其他母音：ㅔ、ㅖ、ㅐ、ㅒ、ㅘ、ㅙ、ㅚ、ㅝ、ㅞ、ㅟ、ㅢ

2.1.2. 基本母音

　　現代韓語的母音字母，主要有「基本母音」與「其他母音」2種類別。其中的「基本母音」共有10個字母，說明如下：

• 基本母音

1	2	3	4	5	6	7	8	9	10
ㅏ	ㅑ	ㅓ	ㅕ	ㅗ	ㅛ	ㅜ	ㅠ	ㅡ	ㅣ
[a]	[ya]	[ə]	[yə]	[o]	[yo]	[u]	[yu]	[ɨ]	[i]

① ㅏ：[a]

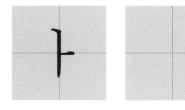

② ㅑ：[ya]

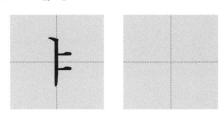

③ ㅓ：[ə]

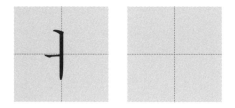

④ ㅕ：[yə]

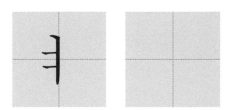

⑤ ㅗ：[o]

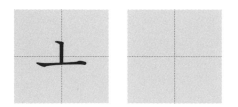

⑥ ㅛ：[yo]

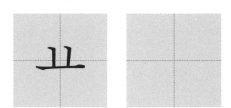

⑦ㅜ：[u]

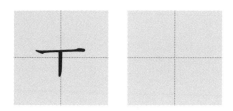

⑧ㅠ：[yu]

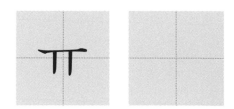

⑨ㅡ：[ɨ]

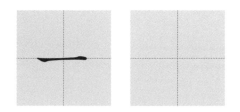

⑩ㅣ：[i]

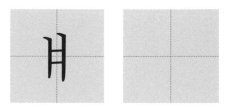

2.1.3. 其他母音

　　現代韓語的母音字母，主要有「基本母音」與「其他母音」2種類別。其中「其他母音」共有11個字母，說明如下：

・其他母音

1	2	3	4	5	6	7	8	9	10	11
ㅐ	ㅒ	ㅔ	ㅖ	ㅘ	ㅙ	ㅚ	ㅝ	ㅞ	ㅟ	ㅢ
[æ]	[yæ]	[e]	[ye]	[wa]	[wæ]	[oi/we]	[wə]	[we]	[wi]	[ɨi]

① ㅐ：[æ]

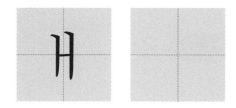

② ㅒ：[yæ]

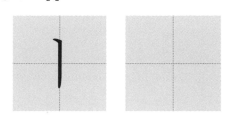

③ㅔ：[e]

④ㅖ：[ye]

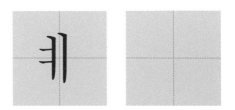

⑤ㅘ：[wa]

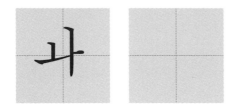

⑥ㅙ：[wæ]

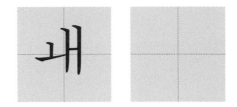

⑦ㅚ：[oi/we]

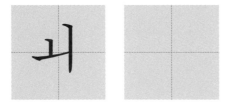

⑧ㅝ：[wə]

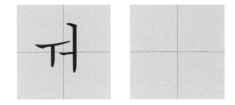

⑨ㅞ：[we]

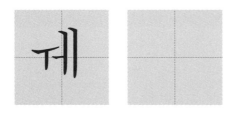

⑩ㅟ：[wi]

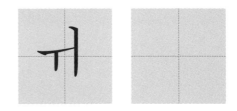

⑨ㅢ：[ɨi]

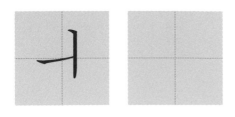

備註　「ㅝ」亦可讀為[y]

2.2 子音（자음，consonant）

　　「子音」是指氣流由肺部途經喉嚨，於口腔、唇、牙顎、鼻腔中受阻後所發出的聲音。但是由於並無在聲帶中產生震動現象，所以一般來說，子音不似母音可單獨發音。韓語的每一個子音，都有其專屬的「名稱」（名字）。

2.2.1. 子音體系

　　韓語的子音共有19個，可依照下列幾項基準來分類子音的構造。

（**1**）依照「阻礙位置」來分類。

　　①雙唇音、②齒槽音、③硬口蓋音、④軟口蓋音、⑤聲門音

（**2**）依照「發音方法」來分類。

　　①破裂音、②破擦音、③摩擦音、④鼻音、⑤流音

（**3**）依照「發音性質」來分類。

　　①平音、②緊（硬）音、③氣（激）音

將上述3種分類法統整如下圖：

發音方法　　　阻礙位置　　　發音性質		雙唇音	齒槽音	硬口蓋音	軟口蓋音	聲門音
破裂音	平音	ㅂ（b/p）	ㄷ（d/t）		ㄱ（g/k）	
破裂音	緊（硬）音	ㅃ（b`）	ㄸ（d`）		ㄲ（g`）	
破裂音	氣（激）音	ㅍ（pʰ/bɦ）	ㅌ（tʰ/dɦ）		ㅋ（kʰ/gɦ）	
破擦音	平音			ㅈ（c）		
破擦音	緊（硬）音			ㅉ（c`）		
破擦音	氣（激）音			ㅊ（cʰ）		
摩擦音	平音		ㅅ（s）			ㅎ（h/ɦ）
摩擦音	緊（硬）音		ㅆ（s`）			ㅎ（h/ɦ）
鼻音		ㅁ（m）	ㄴ（n）		ㅇ（ŋ）	
流音			ㄹ（l）			

（4）依照「現代韓文字母順序」來分類。

　　①基本子音（10）：ㄱ、ㄴ、ㄷ、ㄹ、ㅁ、ㅂ、ㅅ、ㅇ、ㅈ、ㅎ

　　②氣（激）音（4）：ㅋ、ㅌ、ㅍ、ㅊ

　　③緊（硬）音（5）：ㄲ、ㄸ、ㅃ、ㅆ、ㅉ

2.2.2. 基本子音

以下依發音性質，將韓語子音字母分為「基本子音」（10個）、「氣音」（激音）（4個）、還有「緊音」（硬音）（5個）等3種，如下表所示：

• 基本子音

	1	2	3	4	5	6	7	8	9	10
字母	ㄱ	ㄴ	ㄷ	ㄹ	ㅁ	ㅂ	ㅅ	ㅇ	ㅈ	ㅎ
音標	[k/g]	[n]	[t/d]	[l]	[m]	[p/b]	[s]	[ø/ng]	[c]	[h]
名稱	기역	니은	디귿	리을	미음	비읍	시옷	이응	지읒	히읗

*1.「ㄱ」的[g]、「ㄷ」的[d]、「ㅂ」的[b]，因為前音節中聲位置與後音節中聲位置皆為母音時會產生「子音有聲化」現象，故這3個子音各自有2種發音現象。

　　如：（1）가기 [ka-gi]、（2）다단 [ta-dan]、（3）바보 [pa-bo]

*2.「ㅇ」在初聲位置是為「零子音」，故不發音，而在終聲時則發音為[ng]。

　　如：（1）아 [-a]、앙 [o-ang]

①ㄱ：[k]

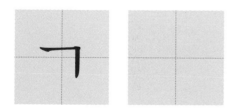

②ㄴ：[n]

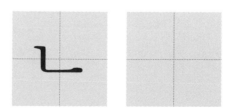

③ㄷ：[t]

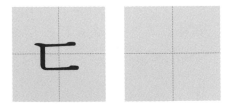

④ㄹ：[l]

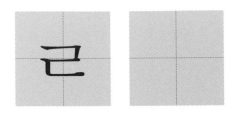

⑤ㅁ：[m]

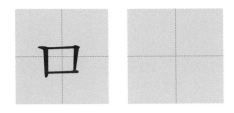

⑥ㅂ：[p]

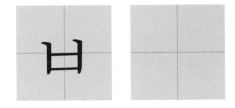

⑦ㅅ：[s]

⑧ㅇ：[ø /ng]

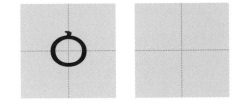

⑨ㅈ：[c]

⑩ㅎ：[h]

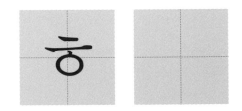

2.2.3. 氣音（激音，aspirated consonant）

　　所謂「激音」（氣音），也稱為「有氣音」或者「帶氣音」，是在發出閉鎖音時（ㄱ、ㄷ、ㅂ、ㅈ）因摩擦伴隨巨大氣流的聲音，共有4個，如下所示：

• 氣音（激音）

	1	2	3	4
字母	ㅋ	ㅌ	ㅍ	ㅊ
音標	$[k^h]$	$[t^h]$	$[p^h]$	$[c^h]$
名稱	키읔	티읕	피읖	치읓

①ㅋ：$[k^h]$

②ㅌ：$[t^h]$

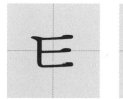

③ㅍ：$[p^h]$

④ㅊ：$[c^h]$

2.2.4. 緊音（硬音，fortis）

所謂「緊音」（硬音），也稱為無氣音（Tenuis consonant）或聲門音，是指縮小喉門後所發出的聲音，共有5個，說明如下：

• 緊音（硬音）

	1	2	3	4	5
字母	ㄲ	ㄸ	ㅃ	ㅆ	ㅉ
音標	[g`]	[d`]	[b`]	[s`]	[c`]
名稱	쌍기역	쌍디귿	쌍비읍	쌍시옷	쌍지읒

①ㄲ：[g`]

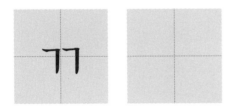

②ㄸ：[d`]

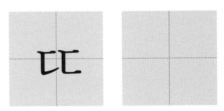

③ㅃ：[b`]

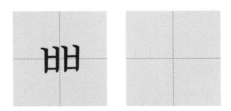

④ㅆ：[s`]

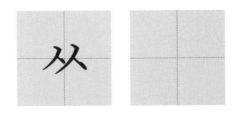

⑤ㅉ：[c`]

2.3 音節（음절，syllable）

　　韓文的文字符號是標音性質，也就是說它不是「表意文字」，而是「表音文字」，所有的韓文音節都是以「子音（輔音）、母音（元音）」這樣的組合來形成。

如：

（1）中文：下「ㄒㄧㄚˋ」

　　→［ㄒ（子音）＋ㄧ（半母音）＋ㄚ（母音）］

（2）英文：下「down」

　　→［D（子音）＋o（母音）＋w（子音）＋n（子音）］

（3）韓文：下「내리다」

　　→［ㄴ（子音）＋ㅐ（母音），ㄹ（子音）＋ㅣ（母音），ㄷ（子音）＋ㅏ（母音）］

　　以上（1）的中文發音，是由「子音＋母音」構成一個音節。（2）的英文發音是由「子音＋母音＋子音」所構成。（3）的韓文是由3個「子音＋母音」音節所構成。

　　這3種語言詞彙發音的組成共同點，基本上就是「子音＋母音」所構成之所謂的「音節」，只不過因為每種語言體系的不同，音節的成分當中，顯然「子音」與「母音」的數量就會不同。如韓語中的「내리다」（下），該詞彙共有3個音節，每一個音節是單純由一個子音搭配一個母音所構成。只不過韓文的音節，不只是由子音和母音所構成而已，而且還以初聲、中聲、終聲的概念來構成音節，排列方式則為「由左往右」或者「由上往下」，故可分為11種組合類形。

韓文子音與母音的11種組合類形：

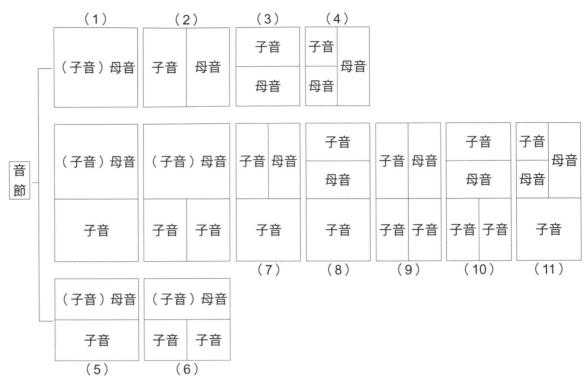

①母音-------------------------------------이、아、어……

②子音　母音------------------------------나、비、피……

③子音　母音------------------------------구、누、모……

④子音　母音　母音-------------------------뭐、쇠、괴……

⑤母音（在右）　　子音--------------------앞、약、엎……

⑤母音（在中）　　子音--------------------옷、음、운……

⑥母音（在右）　　子音　子音--------------않、읁、앓……

⑥母音（在中）　　子音　子音--------------옴、옿、옭……

⑦子音（在左）　　母音（在中）　　子音----------감、달、발……

⑧子音（在上）　　母音（在中）　　子音----------눈、꽃、손……

⑨子音（在左）　　母音（在右）　　子音1　子音2------------넋、값、삶……

⑩子音（在上）　母音（在中）　子音1　子音2-------------굶、흙、몫……

⑪子音（在上）　母音（中）　母音（右）　子音----------꿩、활、곽……

備註　按照現代韓語音節的分法（CV），只有4種（V、VC、CV、
CVC）。本書為便於說明，按照子母音排列順序將其擴大至11種分
類，便於識別。

2.3.1. 子音＋母音（CV）

　　韓語音節若是由「零子音＋母音」（아/어/오…）或者是由「子音＋母
音」（가/나/다…）此類所構成，則稱此音節為「無尾音」或者是「開音
節」。

　　下列表格中，A到S表示各個子音，數字1到10代表基本母音，表格的中
間就是兩者結合之後所產生的發音。

（1）子音與基本母音的組合構造

		1	2	3	4	5	6	7	8	9	10
		ㅏ [a]	ㅑ [ya]	ㅓ [ə]	ㅕ [yə]	ㅗ [o]	ㅛ [yo]	ㅜ [u]	ㅠ [yu]	ㅡ [ɨ]	ㅣ [i]
A	ㄱ [k]	가	갸	거	겨	고	교	구	규	그	기
B	ㄴ [n]	나	냐	너	녀	노	뇨	누	뉴	느	니
C	ㄷ [t]	다	댜	더	뎌	도	됴	두	듀	드	디
D	ㄹ [l]	라	랴	러	려	로	료	루	류	르	리

E	ㅁ [m]	마	먀	머	며	모	묘	무	뮤	므	미
F	ㅂ [p]	바	뱌	버	벼	보	뵤	부	뷰	브	비
G	ㅅ [s]	사	샤	서	셔	소	쇼	수	슈	스	시
H	ㅇ [ø]	아	야	어	여	오	요	우	유	으	이
I	ㅈ [c]	자	쟈	저	져	조	죠	주	쥬	즈	지
J	ㅊ [cʰ]	차	챠	처	쳐	초	쵸	추	츄	츠	치
K	ㅋ [kʰ]	카	캬	커	켜	코	쿄	쿠	큐	크	키
L	ㅌ [tʰ]	타	탸	터	텨	토	툐	투	튜	트	티
M	ㅍ [pʰ]	파	퍄	퍼	펴	포	표	푸	퓨	프	피
N	ㅎ [h]	하	햐	허	혀	호	효	후	휴	흐	히
O	ㄲ [g`]	까	꺄	꺼	껴	꼬	꾜	꾸	뀨	끄	끼
P	ㄸ [d`]	따	땨	떠	뗘	또	뚀	뚜	뜌	뜨	띠
Q	ㅃ [b`]	빠	뺘	뻐	뼈	뽀	뾰	뿌	쀼	쁘	삐
R	ㅆ [s`]	싸	쌰	써	쎠	쏘	쑈	쑤	쓔	쓰	씨
S	ㅉ [c`]	짜	쨔	쩌	쪄	쪼	쬬	쭈	쮸	쯔	찌

下列表格中，A到S表示各個子音，數字1到10代表其他母音，表格的中間就是兩者結合之後所產生的發音。

（2）子音與其他母音的組合構造

		1 ㅔ [e]	2 ㅖ [ye]	3 ㅐ [æ]	4 ㅒ [yæ]	5 ㅘ [wa/oa]	6 ㅙ [wæ]	7 ㅝ [wə]	8 ㅞ [we]	9 ㅚ [we]	10 ㅟ [wi]	11 ㅢ [ii]
A	ㄱ [k]	게	계	개	걔	과	괘	궈	궤	괴	귀	긔
B	ㄴ [n]	네	녜	내	냬	놔	놰	눠	눼	뇌	뉘	늬
C	ㄷ [t]	데	뎨	대	댸	돠	돼	둬	뒈	되	뒤	듸
D	ㄹ [l]	레	례	래	럐	롸	뢔	뤄	뤠	뢰	뤼	릐
E	ㅁ [m]	메	몌	매	먜	뫄	뫠	뭐	뭬	뫼	뮈	믜
F	ㅂ [p]	베	볘	배	뱨	봐	봬	붜	붸	뵈	뷔	븨
G	ㅅ [s]	세	셰	새	섀	솨	쇄	쉬	쉐	쇠	쉬	싀
H	ㅇ [ø]	에	예	애	얘	와	왜	워	웨	외	위	의
I	ㅈ [c]	제	졔	재	쟤	좌	좨	줘	줴	죄	쥐	즤
J	ㅊ [cʰ]	체	쳬	채	챼	촤	쵀	춰	췌	최	취	츼
K	ㅋ [kʰ]	케	켸	캐	컈	콰	쾌	쿼	퀘	쾨	퀴	킈

L	ㅌ [tʰ]	테	톄	태	턔	타	퇘	퉈	퉤	퇴	튀	티
M	ㅍ [pʰ]	페	폐	패	퍠	파	퐤	풔	풰	푀	퓌	피
N	ㅎ [h]	헤	혜	해	햬	화	홰	훠	훼	회	휘	히
O	ㄲ [g`]	께	꼐	깨	꺠	꽈	꽤	꿔	꿰	꾀	뀌	끼
P	ㄸ [d`]	떼	뗴	때	떄	똬	뙈	뚸	뛔	뙤	뛰	띠
Q	ㅃ [b`]	뻬	뼤	빼	뺴	뽜	뽸	뿨	쀄	뾔	쀠	삐
R	ㅆ [s`]	쎄	쎼	쌔	썌	쏴	쐐	쒀	쒜	쐬	쒸	씨
S	ㅉ [c`]	쩨	쪠	째	쨰	쫘	쫴	쭤	쮀	쬐	쮜	찌

2.3.2. 終聲規則

　　如上一段（1.3.）所述，韓語的音節組合方式多達11種（基本類形實際為4種），但需要注意的是，這11種組合構造當中，都有一些共同規則：

（1）規則1：字素

· 一個音節當中最少需要1個子音（首音1個，或者是以零子音表示）。

· 一個音節當中最多可有3個子音（首音1個、尾音1個或者2個（只發其中一音））。

· 一個音節當中最少需要一個母音。

備註　零子音是指首音為「○」。韓語書寫的每一個音節，皆是以「天、地、人」概念來組織方塊形態之音節，若只有母音為音節時，則要在母音前加上「○」，其音價為零。

（2）規則2：發音

一個音節當中，子音最多可以有3個，但是最多只發2個音（首音1個、尾音1個）。

由規則1與規則2來看，每個韓語音節，最少有2個發音符號（子音＋母音），而最多可以有4個發音符號（1母音＋3子音），但是在發音上面，最多只能發出3個音。

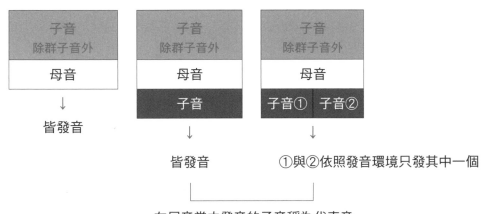

在上一章節（1.3.）的音節組合說明中，①～④類形屬於沒有尾音的音節，⑤～⑪類形屬於有尾音的音節。有尾音與沒有尾音的區別，就在於每一個音節的最後一個音是子音還是母音，母音結束的音節稱為「開音節」（如：아、가、나、바……），子音結束的音節則叫做「閉音節」（如：악、녹、옥、샀、핥……）。

　　韓語的音節尾音有一連串的發音變化現象，在了解尾音變化之前，必須要先了解每一個子音在尾音位置的發音代表音。

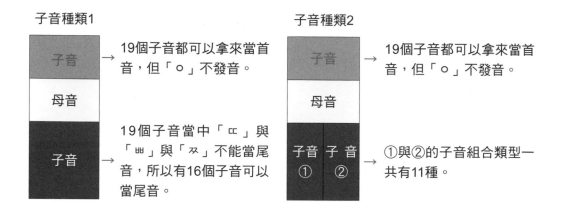

子音種類1

→ 19個子音都可以拿來當首音，但「○」不發音。

→ 19個子音當中「ㄸ」與「ㅃ」與「ㅉ」不能當尾音，所以有16個子音可以當尾音。

子音種類2

→ 19個子音都可以拿來當首音，但「○」不發音。

→ ①與②的子音組合類型一共有11種。

2.3.3. 子音＋母音＋子音（CVC）單終聲代表音

　　韓語全部的19個子音，都可以在初聲位置上發音（零子音不發音），但是這19個子音中，只有16個可以重複使用在終聲位置（因為有3個不能當尾音），只是剩下的這16個子音在終聲位置的時候，實際上可發音的只有7種。

　　簡單來說，一個音節終聲的位置只出現一個子音的情況，稱之為「單終聲」，「ㄲ、ㄸ、ㅃ、ㅉ、ㅆ」都算單一子音（「ㄸ、ㅃ、ㅉ」三者無出現於終聲位置之例）。

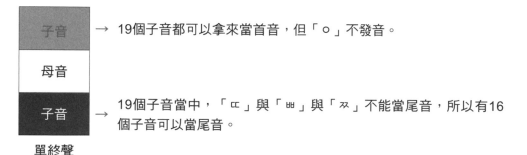

→ 19個子音都可以拿來當首音，但「○」不發音。

→ 19個子音當中，「ㄸ」與「ㅃ」與「ㅉ」不能當尾音，所以有16個子音可以當尾音。

單終聲

　　由上表當中，可以知道韓語音節終聲位置可以填入16個子音，但是這16

個子音並非全部發音，而是從16個子音的發音當中選出7個發音為代表，稱之為「代表音」。

音節	(1) 각	(2) 간	(3) 갇	(4) 갈	(5) 감	(6) 갑	(7) 갓	(8) 강	(9) 갖	(10) 갛
終聲	ㄱ	ㄴ	ㄷ	ㄹ	ㅁ	ㅂ	ㄷ	ㅇ	ㄷ	ㄷ

音節		(11) 갂		(12) 같			(13) 값			(14) 갗
終聲		ㄱ		ㄷ			ㅂ			ㄷ

音節		(15) 갃				(16) 갔				
終聲		ㄱ				ㄷ				

由上表可以知道，韓語終聲代表音為：（1）ㄱ、（2）ㄴ、（3）ㄷ、（4）ㄹ、（5）ㅁ、（6）ㅂ、（7）ㅇ。

下圖A到S表示各個子音，數字1到10代表基本母音，表格的中間就是兩者結合之後再加上A到S之各個子音後所產生的發音。

		1 ㅏ [a]	2 ㅑ [ya]	3 ㅓ [ə]	4 ㅕ [yə]	5 ㅗ [o]	6 ㅛ [yo]	7 ㅜ [u]	8 ㅠ [yu]	9 ㅡ [ɨ]	10 ㅣ [i]
A	ㄱ [k]	가각	갸갹	거걱	겨격	고곡	교곡	구국	규귝	그극	기긱
B	ㄴ [n]	나난	냐냔	너넌	녀년	노논	뇨뇬	누눈	뉴뉸	느는	니닌
C	ㄷ [t]	다닫	댜댣	더덛	뎌뎓	도돋	됴됻	두둗	듀듇	드듣	디딛

D	ㄹ [l]	라랄	랴럍	러럴	려렬	로롤	료룔	루룰	류률	르를	리릴
E	ㅁ [m]	마맘	먀먬	머멈	며몀	모몸	묘묨	무뭄	뮤뮴	므믐	미밈
F	ㅂ [p]	바밥	뱌뱝	버법	벼볍	보봅	뵤뵵	부붑	뷰뷥	브븝	비빕
G	ㅅ [s]	사삿	샤샷	서섯	셔셧	소솟	쇼숏	수숫	슈슛	스슷	시싯
H	ㅇ [ø]	아앙	야양	어엉	여영	오옹	요용	우웅	유융	으응	이잉
I	ㅈ [c]	자잦	쟈쟞	저젖	져졎	조좆	죠죶	주줒	쥬쥧	즈즞	지짖
J	ㅊ [cʰ]	차찿	챠챷	처첯	쳐쳧	초촟	쵸쵷	추츛	츄츛	츠츷	치칯
K	ㅋ [kʰ]	카캌	캬컄	커컼	켜켴	코콬	쿄쿜	쿠쿸	큐큨	크킄	키킼
L	ㅌ [tʰ]	타탙	탸턑	터텉	텨텹	토톹	툐툩	투퉅	튜튵	트튼	티팉
M	ㅍ [pʰ]	파팦	퍄퍞	퍼펲	펴폎	포폽	표푨	푸푶	퓨퓲	프픞	피핖
N	ㅎ [h]	하핳	햐햫	허헣	혀혛	호홓	효횻	후훟	휴흏	흐흫	히힣
O	ㄲ [g`]	까깎	꺄꺆	꺼꺾	껴꼊	꼬꼮	꾜꾦	꾸꾹	뀨뀱	끄끆	끼끾
P	ㄸ [d`]	따	땨	떠	뗘	또	뚀	뚜	뜌	뜨	띠
Q	ㅃ [b`]	빠	뺘	뻐	뼈	뽀	뾰	뿌	쀼	쁘	삐
R	ㅆ [s`]	싸쌌	쌰쌨	써썼	쎠쎴	쏘쏫	쑈쑛	쑤쑷	쓔쓧	쓰씄	씨씻

046

S	쯔 [c`]	짜	쨔	쩌	쪄	쪼	쬬	쭈	쮸	쯔	찌

2.3.4. 子音＋母音＋子音＋子音（CVCC）雙終聲代表音

　　當韓語音節的終聲是由2個子音所構成時，此終聲位置並不是任何2個子音都可以搭配使用，只有11個子音結合後的形態才可以使用，且這11個結合子音在終聲位置時，實際發出的聲音也只有7種（ㄱ、ㄴ、ㄷ、ㄹ、ㅁ、ㅂ、ㅇ），故稱此7種發音為代表音。

　　簡單來說，一個音節終聲的位置有2個不同子音的情況，稱之為「雙終聲」（2個不同的子音同時出現在終聲位置上）。

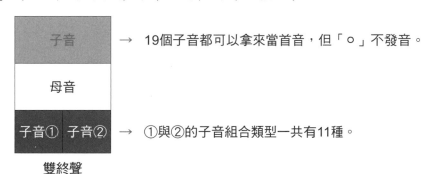

→　19個子音都可以拿來當首音，但「ㅇ」不發音。

→　①與②的子音組合類型一共有11種。

雙終聲

　　一個音節終聲的位置雖然出現2個不同子音，但是並非2個終聲子音都發音，而是依照規定只擇其一發音，其發音者亦稱為「代表音」。此11種終聲混合結合子音被選為代表音者，整理如下：

尾音	ㄳ	ㄵ	ㄶ	ㄺ	ㄼ	ㄽ	ㅀ	ㄻ	ㄾ	ㄿ	ㅄ
代表音	ㄱ	ㄴ	ㄴ	ㄱ	ㄹ / ㅂ	ㄹ	ㄹ	ㅁ	ㄹ	ㅍ ㅂ	ㅂ
例	넋 [넉]	앉 [안]	않 [안]	읽 [익]	넓 [널]	곬 [골]	잃 [일]	젊 [점]	핥 [할]	읊 [읖→읍]	값 [갑]

備註　雙終聲子音的發音規則，是依照其子音空氣度的高與低所決定，可以參照金昇坤（김승곤）的《國語形態論》（국어형태론）（2011）。其主張簡單來說，是指雙收尾音兩者的發音若是不同，（如：ㄿ → ㄹㅌ）則選擇空氣度大的子音。

2.3.5. 代表音總整理

韓語音節的代表音，總結如下表所示：

（1）尾音代表音總結圖示

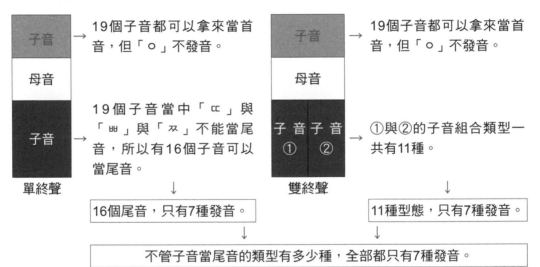

（2）終聲代表音一覽表

	單終聲	首音發音	終聲代表音（7種）	雙終聲	終聲代表音（7種）	備註
1	ㄱ	ㄱ, [k]	ㄱ, [k]	ㄳ	ㄱ, [k]	
2	ㄴ	ㄴ, [n]	ㄴ, [n]	ㄵ ㄶ	ㄴ, [n]	

#						
3	ㄷ	ㄷ, [t]	ㄷ, [t]			
4	ㄹ	ㄹ, [l]	ㄹ, [l]	ㄼ	ㄹ, [l]	ㅂ, [p]
				ㄳ ㄾ ㅀ	ㄹ, [l]	
				ㄺ	ㄱ, [k]	
				ㄻ	ㅁ, [m]	
				ㄿ	ㅍ → ㅂ, [p]	
5	ㅁ	ㅁ, [m]	ㅁ, [m]			
6	ㅂ	ㅂ, [p]	ㅂ, [p]	ㅄ	ㅂ, [p]	
7	ㅅ	ㅅ, [s]	ㄷ, [t]			
8	ㅇ	ㅇ, [ø]	ㅇ, [ng]			
9	ㅈ	ㅈ, [c]	ㄷ, [t]			
10	ㅊ	ㅊ, [cʰ]	ㄷ, [t]			
11	ㅋ	ㅋ, [kʰ]	ㄱ, [k]			
12	ㅌ	ㅌ, [tʰ]	ㄷ, [t]			
13	ㅍ	ㅍ, [pʰ]	ㅂ, [p]			
14	ㅎ	ㅎ, [h]	ㄷ, [t]			ㅎ＋子音（ㄴ）→ㄴ ㅎ＋母音 → 脱落
15	ㄲ	ㄲ, [g`]	ㄱ, [k]			
16	ㄸ	ㄸ, [d`]	無			
17	ㅃ	ㅃ, [b`]	無			
18	ㅆ	ㅆ, [s`]	ㄷ, [t]			
19	ㅉ	ㅉ, [c`]	無			

2.4　音韻規則（음운규칙，phonological rules）

韓語雖然是表音文字，但是表記書寫與實際讀法並非相同。當音節與音節相遇時，在讀法上面會發生「發音變化」的情況，也就是說，實際上的寫法與讀法並不相同。而這種不同於寫法的讀法有一定的規則變化，我們稱為「音韻規則」或者「音韻變動」。

韓語的「音韻規則/變動」相當繁鎖複雜。由於韓語語言系統當中包含大量的「漢音詞」（漢字語）、「純韓語/固有語」、「外來語」，所以造成諸多音韻變化現象，是依據該音節字或詞彙是隸屬於何種語言系統來源而定，再加上音節字或詞彙組合，本身意思發生變化後，音韻規則也會有發生變化與否的問題。換句話說，任何一種「音韻規則/變動」的現象，都有可能因為該音節字或詞彙之語言來源系統的不同、意味關係而發生變化與不變的情況。本書為便於說明，將羅列（1）最常見之音韻變化規則、（2）較為廣泛適用、（3）較無爭議性之「音韻規則/變動」現象。

2.4.1. 連音（연음，linking sound）

「連音規則」是指前音節終聲子音，連接到後音節初聲位置時的發音現象。而連音規則又可再細分為2種，一是「ㅇ」（零初聲）的連音；一是「ㅎ」的連音（弱化現象）。

（1）「ㅇ」（零初聲）的連音

兩音節相遇時，若前音節的終聲位置為子音，而後音節的初聲為零子音時，此時前音節終聲的子音將連到後音節初聲的位置。但是前音節的終聲子音有限制，除了「ㅇ」（零初聲）與「ㅎ」2個子音以外，其他子音都會與後音節初聲連音。

①「ㅇ」（零初聲）連音規則1

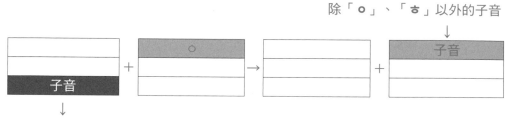

除「ㅇ」、「ㅎ」以外的子音

（1）국어	→	[구거] 國語
（2）군인	→	[구닌] 軍人
（3）닫아	→	[다다] 關
（4）일이	→	[이리] 事情
（5）음악	→	[으막] 音樂
（6）밥은	→	[바븐] 飯

另外，當前音節終聲位置為雙子音（也就是有2個子音）而後音節初聲為零子音時，除了「ㅎ」以外，第1個子音留下來發音，第2個子音則連音到後音節的初聲位置上，其說明如下列2項規則說明。

②「ㅇ」（零初聲）連音規則2

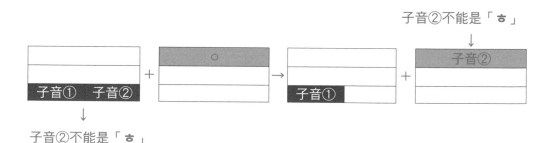

子音②不能是「ㅎ」

範 例

（1）읽어　→　[일거]　讀
（2）넓은　→　[널븐]　寬的
（3）젊은이　→　[절므니]　年輕人
（4）앉아　→　[안자]　坐

　　再來，若是前音節的終聲位置是複合子音（硬音）時，那麼這複合音（硬音）便直接全部移動到後音節的初聲位置上。

備註　「ㄲ、ㄸ、ㅃ、ㅆ、ㅉ」為一個發音單位，這5個硬音只有「ㄲ、ㅆ」2個能出現於終聲位置。

③「ㅇ」（零初聲）連音規則3

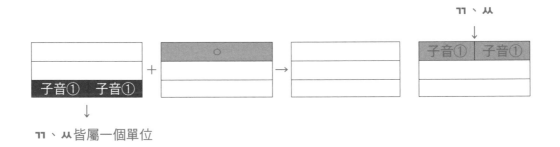

ㄲ、ㅆ皆屬一個單位

範 例

（1）밖에　→　[바께]　外面
（2）있어　→　[이써]　有/在

　　當兩音節同為「實詞」，前音節終聲位置為複合子音、後音節初聲位置為「ㅇ」，此時前音節的終聲複合子音是以「代表音」來連音。

④「ㅇ」（零初聲）連音規則4

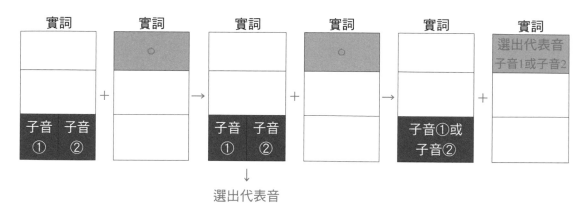

↓
選出代表音

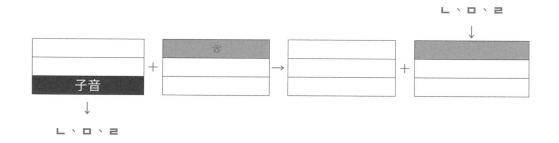

範例

（1）값없다　→　　[갑업따 → 가법따]　不值錢

（2）값어치　→　　[갑어치 → 가버치]　價值

（3）넋없다　→　　[넉업따 → 너겁따]　出神

（2）「ㅎ」的連音（弱化）

當前音節的終聲位置是「ㄴ、ㅁ、ㄹ」3個的其中一個，而且後音節的初聲位置是「ㅎ」的時候，那麼「ㄴ、ㅁ、ㄹ」要移動到後音節的初聲位置上取代「ㅎ」。此種現象其實應該稱為「ㅎ」的弱化現象，而非連音，在標準發音規則裡實際上是沒有這樣的規定，但是在發音的過程裡的確是有這樣的現象。

範例

（1）안하　　→　　[아나] 眼下
（2）남한　　→　　[나만] 南韓
（3）철학　　→　　[처락] 哲學
（4）잃어　　→　　[일＋ㅎ＋어 → 일＋脫落（實為弱化現象＋어 → 이러] 遺失

2.4.2. 氣音化（激音化，격음화，aspirated sound）

「氣音化」又稱為「激音化」，是指平音的子音在某種發音環境時發為氣音，有關此規則的內容，分成下列3項說明。

（1）此規則是當前音節的終聲位置有「ㄱ、ㄷ、ㅂ、ㅈ」這4個子音的其中一個時，而後音節的初聲位置為「ㅎ」的時候，「ㅎ」受影響而發出氣音。也就是說，當前音節終聲的「ㄱ、ㄷ、ㅂ、ㅈ」與後音節初聲的「ㅎ」結合，就變成氣音，而成為「ㅋ、ㅌ、ㅍ、ㅊ」。

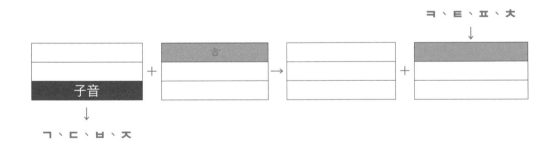

範例

（1）축하　　→　　[추카]　　　　　　　　　祝賀
（2）따뜻하다→　　[따뜯하다 → 따뜨타다]　　溫暖
（3）입학　　→　　[이팍]　　　　　　　　　入學
（4）앉히다　→　　[안치다]　　　　　　　　使其坐下/安排位置

（2）此規則還適用於前音節終聲是「ㅎ」，而後音節初聲是「ㄱ、ㄷ、ㅂ、ㅈ」的情況。在此情況中，這個規則依然成立，也就是說，仍然會有氣音化的現象。

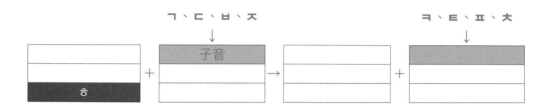

範例

(1) 파랗고 → [파라코] 藍
(2) 이렇다 → [이러타] 這樣
(3) ㅎ＋ㅂ → （此音節構造無詞彙）
(4) 좋지 → [조치] 好啊

（3）另外，若前音節的終聲位置是為複合子音時，氣音化規則依然適用。

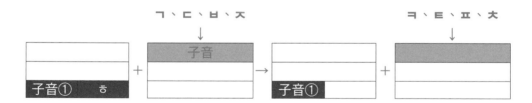

範例

(1) 많고 → [만코] 多
(2) 잃다 → [일타] 遺失
(3) ㅎ＋ㅂ → （此音節構造無詞彙）
(4) 옳지 → [올치] 對了

2.4.3. 顎音化（口蓋音化，구개음화，palatalization）

「顎音化」又稱「口蓋音化」，其規則有2種，第一種是子音「ㄷ、ㅌ」與「이」的同化，第二種是子音「ㄷ」與「히」的同化。

（1）當前音節終聲位置的子音「ㄷ、ㅌ」，在後音節為「이」之發音環境時，前音節終聲發音為「ㅈ、ㅊ」。

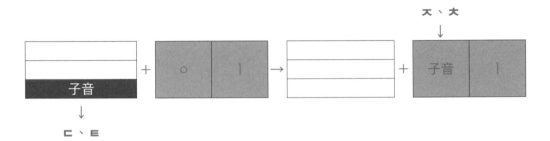

範 例

（1）해돋이　→　[해도지] 日出
（2）땀받이　→　[땀바지] 汗衫
（3）같이　　→　[가치]　一起
（4）끝이　　→　[끄치]　結尾

（2）當前音節終聲位置的子音「ㄷ」，在後音節為「히」之發音環境時，發音為「ㅊ」。

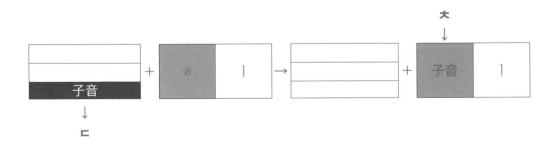

（1）굳히다　→　　　［구치다］ 使其凝固

（2）닫히다　→　　　［다치다］ 被關

備註　韓語史上顎音化（口蓋音化）現象已經結束，而現代綴字法只是為了區別出其詞根（語根）與詞尾（語尾）的字源（굳：詞根（語根）、히：接尾詞）。

2.4.4. 緊音化（硬音化，경음화/된소리되기，tensification）

「緊音化」（硬音化）這項韓語的音韻變化，在韓語的規則當中，算是相當特殊也是最難以理解，很難用一定的規則將其一一表列，原因在於這項規則涉及「音節構造」與「意味變化」2種可能。簡單來說，它雖然有「韓文綴字法」（한글 맞춤법）明確規定其產生變化的規則，但是亦包含漢音詞（漢字語）的例外例子，而且漢音詞詞彙的意味轉換時，並沒有列入內容說明，故雖有規定，但是存在太多讓其產生緊音化（硬音化）的因素。在此，筆者簡單將目前緊音化（硬音化）現象，以「現代簡易規則版」的方式來做說明，學習者可以斟酌學習吸收，但是即便以這樣版本的規則，也無法解釋所有韓語緊音化（硬音化）的規則現象，這部分有待日後做更詳盡的研究說明。

2.4.4.1. 適用於單一多音節詞彙（名詞類）

當前音節終聲位置為「ㄱ、ㄷ、ㅂ、ㅅ、ㅈ」，在後音節初聲位置為「ㄱ、ㄷ、ㅂ、ㅅ、ㅈ」之發音環境時候，後音節初聲子音發音則為「ㄲ、ㄸ、ㅃ、ㅆ、ㅉ」的音。（純韓語與漢音詞（漢字語）皆適用）

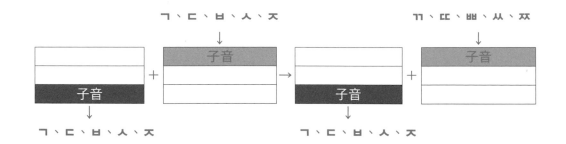

範例

（1）학교　　→　　[학꾜]　　學校

（2）돋다　　→　　[돋따]　　升起

（3）몹시　　→　　[몹씨]　　非常

（4）젖다　　→　　[젇따]　　濕

（5）똑바로　→　　[똑빠로] 直直的

備註　若為合成語時，「ㄱ、ㄴ、ㄷ、ㄹ、ㅁ、ㅂ、ㅅ、ㅈ＋ㄱ、ㄷ、ㅂ、ㅅ、ㅈ」⇒「ㄱ、ㄴ、ㄷ、ㄹ、ㅁ、ㅂ、ㅅ、ㅈ＋ㄲ、ㄸ、ㅃ、ㅆ、ㅉ」。

例如：물고기 → [물꼬기] 魚、보름달 → [보름딸] 滿月

　　　등잔불 → [등잔뿔] 燈（盞）火

2.4.4.2. 適用於合成語詞彙（合成名詞類）

當某一音節為「複合字」（此字必須是2個實詞，也就是有實際意思的詞，如：雨＋衣、辣椒＋粉……）組合在一起的詞彙），前一音節的終聲位置為「ㅇ」，後一音節初聲位置為「ㄱ、ㄷ、ㅂ、ㅅ、ㅈ」的時候，後音節的初聲發音會變成「ㄲ、ㄸ、ㅃ、ㅆ、ㅉ」。（純韓語與漢音詞（漢字語）皆適用）

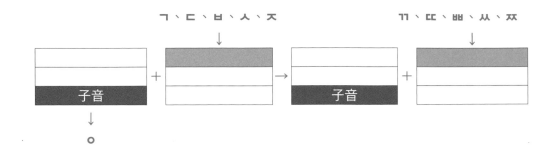

ㄱ、ㄷ、ㅂ、ㅅ、ㅈ　　　　　　ㄲ、ㄸ、ㅃ、ㅆ、ㅉ

子音　　　　　　子音

ㅇ

範例

（1）땅굴　　→　　[땅꿀]　地洞
（2）장독　　→　　[장똑]　醬缸
（3）등불　　→　　[등뿔]　燈火
（4）종소리　→　　[종쏘리] 鐘聲
（5）빵가루　→　　[빵까루] 麵包粉

補充：（1）공부[공부] 非合成語
　　　（2）방법[방법] 非合成語

2.4.4.3. 適用於用言類詞彙（動詞或形容詞類）

　　當某一詞彙是以「詞幹（語幹）＋詞尾（語尾）」構造呈現，而前一音節的終聲除了「零（ㅇ）子音、ㄹ、ㅎ」以外，此時後面音節初聲為「ㄱ、ㄷ、ㅂ、ㅅ、ㅈ」的時候，後音節的初聲發音為「ㄲ、ㄸ、ㅃ、ㅆ、ㅉ」。

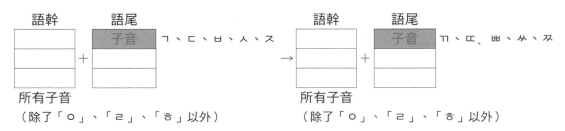

語幹　　語尾　　　　　　　　　語幹　　語尾
　　　　子音 ㄱ、ㄷ、ㅂ、ㅅ、ㅈ　　　　　子音 ㄲ、ㄸ、ㅃ、ㅆ、ㅉ

所有子音　　　　　　　　　　　所有子音
（除了「ㅇ」、「ㄹ」、「ㅎ」以外）　　（除了「ㅇ」、「ㄹ」、「ㅎ」以外）

範 例

（1）박다　　　→　　　［박따］釘

（2）안다　　　→　　　［안따］抱

（3）닫다　　　→　　　［닫따］關

（4）젊다　　　→　　　［점따］年輕

（5）밟다　　　→　　　［밥따］踩

（6）낫다　　　→　　　［낟따］痙癒

2.4.4.4. 適用於慣用詞組（修飾關係詞組）

　　當某一韓語的修辭構造是以「冠形形詞尾（語尾）（-ㄹ/을類）＋依存名詞/名詞」構造呈現時，且此時後面音節初聲為「ㄱ、ㄷ、ㅂ、ㅅ、ㅈ」的時候，後音節的初聲發音為「ㄲ、ㄸ、ㅃ、ㅆ、ㅉ」。

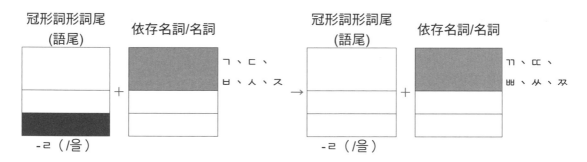

範 例

（1）할 수 없다　　　→　　　［할 쑤 업따］　　無法

（2）알 바가 없다　　→　　　［알 빠가 업따］　沒有知道的

（3）추울 것 같다　　→　　　［추울 껃 갇따］　好像會冷

2.4.5. 鼻音化（비음화，nasalization）

　　當前音節的終聲是「ㄱ、ㄷ、ㅂ」3個的其中一個，且後音節的初聲是「ㄴ、ㄹ、ㅁ」任何一個的時候，那麼前音節的終聲為「ㄱ → ㅇ、ㄷ → ㄴ、ㅂ → ㅁ」，此一規則就稱為鼻音化。 但如果是「ㄱ、ㄷ、ㅂ」後接「ㄹ」的情況，除了「ㄱ、ㄷ、ㅂ」會變成「ㅇ、ㄴ、ㅁ」之外，「ㄹ」也會變成「ㄴ」，這是相互影響的結果（順行同化或逆行同化的一種）。

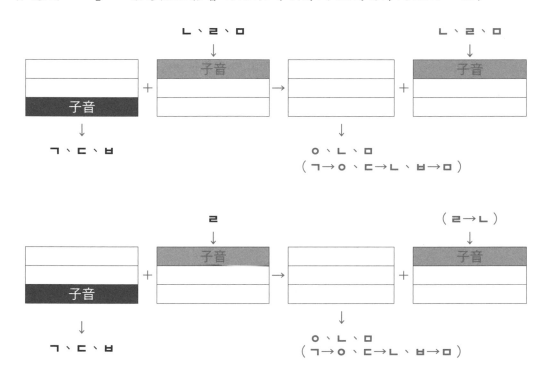

範例

- （1）학년　　→　　[항년]　　　　　　　　學年
- （2）닦는다　→　　[닥는다 → 당는다]　　　擦拭
- （3）국민　　→　　[궁민]　　　　　　　　國民
- （4）걷는다　→　　[건는다]　　　　　　　走路
- （5）있는　　→　　[읻는 → 인는]　　　　　有的

（7）밥먹다　→　　　[밤먹따]　　　　　　　吃飯
（8）갚는다　→　　　[갑는다→감는다]　　　償還
（9）읊는다　→　　　[읖는다→읍는다→음는다]　吟
（10）격려　→　　　[격려→ 경녀]　　　　　激勵
（11）국립　→　　　[궁립→ 궁닙]　　　　　國立

2.4.6. 順行同化（순행 동화，progressive assimilation）

　　當兩音節之間，「後音節初聲子音」讀音如「前音節之終聲子音」時，稱之為音之順行同化。（部分鼻音化現象亦包含）

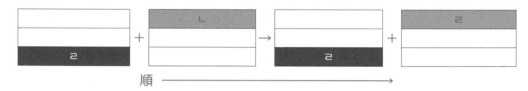

範例

（1）설날　→　　　[설랄] 新年
（2）일년　→　　　[일련] 一年

2.4.7. 逆行同化（역행동화，regressive assimilation）

　　當兩音節之間，「前音節終聲子音」讀音如「後音節之初聲子音」時，稱之為音之逆行同化。（部分鼻音化現象亦包含）

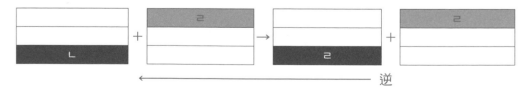

（1）전라도	→	[절라도]	全羅道
（2）관리	→	[괄리]	管理
（3）천리	→	[철리]	千里

補充 逆行同化例外（流音化例外）

　　逆行同化現象也有例外現象，像是原本「ㄴ＋ㄹ」的音節應該讀為「ㄹ＋ㄹ」的現象卻沒有發生，反而是「ㄴ＋ㄹ」變成「ㄴ＋ㄴ」，此種情況就屬例外。此現象大多是發生在漢音詞（漢字語）的「란、량、력、론、료、례、령」等字，其作用類似後綴（接詞）置於詞根（語根）後而發生的現象。

（1）의견란	→	[의견난]	意見欄
（2）임진란	→	[임진난]	壬辰亂
（3）생산량	→	[생산냥]	生產量
（4）결단력	→	[결딴녁]	決斷力
（5）입원료	→	[이뤈뇨]	入院費
（6）동원령	→	[동원녕]	動員令
（7）상견례	→	[상견네]	相見禮/拜會禮/見面禮
（8）공권력	→	[공꿘녁]	公權力
（9）이원론	→	[이원논]	二元論

2.4.8. 「ㄴ」之添加

此項規需要3項條件，第1項條件：使用於在詞彙與詞彙組合成合成語，或者是接頭詞、接尾詞與詞彙組合而成派生語時。第2項條件：前一詞彙或接頭詞為閉音節（有終聲）。3項條件：後一詞彙的音節母音為「ㅑ、ㅕ、ㅛ、ㅠ、ㅣ、ㅖ」。

（1）

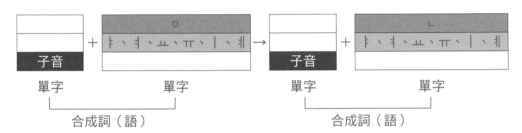

範 例

（1）집옆　　→　　[집＋녑 → 짐녑]　　家旁

（2）꽃잎　　→　　[꼳＋닙 → 꼰닙]　　花瓣

（3）볼일　　→　　[볼＋닐 → 볼릴]　　欲做之事

（4）종착역　→　　[종착＋녁 → 종창녁] 終著驛（終點站）

（2）

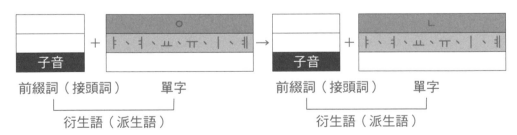

（1）색연필　　→　　[색＋년필 → 생년필]　色筆
（2）맨입　　　→　　[맨＋닙]　　　　　　空腹

（3）

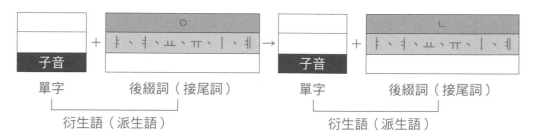

単字　　　　　　後綴詞（接尾詞）　　　単字　　　　　　後綴詞（接尾詞）

衍生語（派生語）　　　　　　　　　衍生語（派生語）

（1）영업용　　→　　[영업＋뇽 → 영엄뇽]　營業用
（2）늑막염　　→　　[늑막＋념 → 능망념]　肋膜炎
（3）쓴약　　　→　　[쓴＋냑]　　　　　　苦藥

2.4.9. 母音調和（vocal harmony）

「母音調和」是指當有2個多音節的語言單位相連結時，依照前音節的母音是為陰性或者陽性的性質，而將後音節的母音調至與前音節母音相同的一種情況，是一種為了讓連結後的整個語言單位，都屬於相同的母音群而便於發音之現象。15世紀的韓語當中，相當嚴格地遵循此種音韻規則，但是來到現代，已經有了相當大的改變。現代韓語的母音調和現象如下所示：

◎現代母音調和現象

（1）用言詞幹（語幹）有尾音時

前音節（用言）	後音節（連接詞尾（語尾））
V/A（用言詞幹（語幹）末音節）＋	아（接陽性母音）
	어（接陰性母音）
	여（接하다類詞彙）

範 例

（1）박다（釘）：박＋아요 → 박아요

（2）밟다（踩）：밟＋아요 → 밟아요

（3）먹다（吃）：먹＋어요 → 먹어요

（4）넓다（廣）：넓＋어요 → 넓어요

用言詞幹（語幹）有尾音時，並不會與連接詞尾（語尾）（아/어）產生母音合併或抵消。但是當動詞或形容詞沒有尾音時，用言詞幹（語幹）最後一音節的母音，會與連接詞尾（語尾）（아/어）產生母音合併或抵消之現象。

（2）用言詞幹（語幹）無尾音時

前音節（用言）	後音節（連接詞尾（語尾））
V/A（用言詞幹（語幹）末音節）＋（用言詞幹（語幹）母音與後音節母音產生變化）	아（接陽性母音）
	어（接陰性母音）
	여（接하다類詞彙）

（3）用言詞幹（語幹）母音與後音節母音

	前音節母音	後音節母音	合併	抵銷	例	備註
1	ㅏ	ㅏ		ㅏ	가다（去） 가＋아요 → 가요	「ㅏ」＋「ㅏ」→「ㅏ」
2	ㅓ	ㅓ		ㅓ	서다（站） 서＋어요 → 서요	「ㅓ」＋「ㅓ」→「ㅓ」
3	ㅗ	ㅏ	ㅘ		오다（來） 오＋아요 → 와요	「ㅗ」＋「ㅏ」→「ㅘ」
4	ㅜ	ㅓ	ㅝ		배우다（學習） 배우＋어요 → 배워요	「ㅜ」＋「ㅓ」→「ㅝ」
5	ㅡ	ㅓ	「ㅡ」脫落		쓰다（寫） 쓰＋어요 → ㅆ＋어요 → 써요	脫落後與後音節詞尾（語尾）母音合併 「ㅡ」＋「ㅓ」→「ㅓ」
6	ㅣ	ㅓ	ㅕ		마시다（喝） 마시＋어요 → 마셔요	「ㅣ」＋「ㅓ」→「ㅕ」
7	ㅚ	ㅓ	ㅙ		되다（成為） 되＋어요 → 돼요	「ㅚ」＋「ㅓ」→「ㅙ」
8	ㅐ	ㅓ		ㅐ	배다（滲透） 배＋어요 → 배요	「ㅐ」＋「ㅓ」→「ㅐ」
9	ㅟ	ㅓ	ㅟ＋ㅓ		뛰다（跑） 뛰＋어요 → 뛰어요	「ㅟ」＋「ㅓ」不合併
10	ㅔ	ㅓ		ㅔ	세다（強烈） 세＋어요 → 세요	「ㅔ」＋「ㅓ」→「ㅔ」

2.5 頭音規則（頭音法則，두음법칙，initial law）

就韓語史而言，古時候的韓語系統內之固有語中，以「ㄴ」為頭音的字曾發生脫落現象，如「녀름 → 여름」（夏天），這類的語彙音韻變化影響了外來漢音詞（漢字語）詞彙，換句話說，有關漢音詞（漢字語）的各種發音規則，基本上都與此現象有關。

韓語固有語中的頭音規則：

（1）녀름 → [여름] 夏天

（2）니（齒） → [이] 牙齒

（3）니르다 → [이르다] 到達

（4）닐곱 → [일곱] 七

（5）닑다 → [읽다] 讀

（6）닙다 → [입다] 穿

韓語漢音詞（漢字語）詞彙的前音節初聲為「ㄹ、ㄴ」時，讀為「ㄴ、ㅇ」，這種現象稱之為頭音規則，此規則分成以下幾種。

2.5.1.「ㄹ」[l]的頭音規則（ㄹ → ㄴ）

| ㄹ | + | ㅏ、ㅓ、ㅗ、ㅜ、ㅡ | → | ㄴ | + | ㅏ、ㅓ、ㅗ、ㅜ、ㅡ |

範例

라（羅）、러（✕）、로（老）、루（樓）、르（✕）→ 나、너、노、누、느

2.5.2. 「ㄹ」[l]的頭音規則（ㄹ → ㅇ）

| ㄹ | + | ㅑ、ㅕ、ㅛ、ㅠ、ㅣ、ㅖ | → | ㅇ | + | ㅑ、ㅕ、ㅛ、ㅠ、ㅣ、ㅖ |

範例

라（╳）、려（麗）、료（料）、류（柳）、리（離）、례（禮）→ 야、여、요、유、이、예

2.5.3. 「ㄴ」[n]的頭音規則（ㄴ → ㅇ）

| ㄴ | + | ㅕ、ㅛ、ㅠ、ㅣ | → | ㅇ | + | ㅕ、ㅛ、ㅠ、ㅣ |

範例

녀（女）、뇨（尿）、뉴（紐）、니（泥）→ 여、요、유、이

2.5.4. 前綴詞（接頭詞）頭音規則

　　漢音詞（漢字語）的頭音規則，雖然適用於該詞彙的第一個音節，第二音節以後不適用，但若是該詞彙的組合是以「漢音字接頭詞＋漢音詞（漢字語）詞彙」為構造者，其「漢音詞（漢字語）詞彙」的第一個音節仍然適用於頭音規則。

適用頭音規則
↓

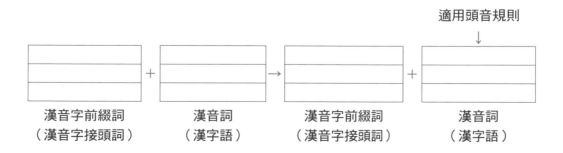

漢音字前綴詞　　　漢音詞　　　漢音字前綴詞　　　漢音詞
（漢音字接頭詞）　（漢字語）　（漢音字接頭詞）　（漢字語）

範例

（1）역＋리용　→　　역＋이용　→　　역이용 [여기용] 逆利用
（2）신＋녀성　→　　신＋여성　→　　신여성 [신녀성] 新女性

頭音規則適用前與後對照表

頭音規則前	頭音規則後	頭音規則前	頭音規則後
라	나	록	녹
락	낙	론	논
란	난	롱	농
랄	날	뢰	뇌
람	남	뇨 , 료	요
랍	납	룡	용
랑	낭	루	누
래	내	뉴 , 류	유
랭	냉	뉵 , 륙	육
냑 , 략	약	륜	윤
냥 , 량	양	률	율
녀 , 려	여	륭	융
녁 , 력	역	륵	늑
년 , 련	연	름	늠
녈 , 렬	열	릉	능
념 , 렴	염	니 , 리	이
렵	엽	린	인
녕 , 령	영	림	임
녜 , 례	예	립	입
로	노	록	녹

2.5.5. 頭音規則之例外

頭音法則不適用的情況如下所述:

（1）**外來語** ：라디오、로켓、럭키、뉴스……

（2）**量詞** ：리（里）、냥（兩）……

（3）**北韓語** ：自國規定

（4）**第二音節後不適用**：

林俐良 → [림＋이량 → 임＋이량] 「량」為名字第二音節

俐良 → [이＋량]-----名字第一個字適用頭音規則

林俐 → [임＋리]-----名字為一個字時不適用頭音規則

> 備註 姓氏與名字各自分開時適用頭音規則，但若名字為一個字時便不適
> 用頭音規則。

2.5.6. 漢音詞（漢字語）「률/율」（率、律、慄）的用法

　　前音節終聲位置若是「除『ㄴ』以外的子音或是『ㅇ』」時，則後音節是「률」；前音節終聲位置若是「開音節或是『ㄴ』」時，則後音節是「율」。

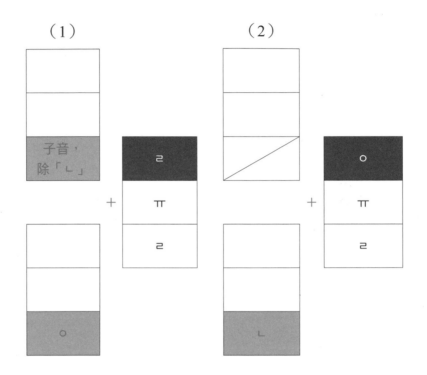

（1）　　　　　　　　　　　（2）

範 例

（1）確率　　　→　　　확＋률

　　法律　　　→　　　법＋률

　　死亡率　　→　　　사망＋률

（2）自律　　　→　　　자＋율

　　比率　　　→　　　비＋율

　　生產率　　→　　　생산＋율

2.5.7. 漢音詞（漢字語）「렬/열」（列、裂、烈、劣）的用法

前音節終聲位置若是「除『ㄴ』以外的子音或是『ㅇ』」時，則後音節是「렬」；前音節終聲位置若是「開音節或是『ㄴ』」時，則後音節是「열」。

（1）　　　　　　　　　　（2）

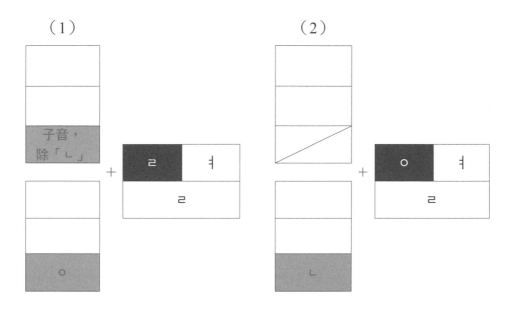

範例

（1）熱烈　　→　　열＋렬

　　爆裂　　→　　폭＋렬

　　強烈　　→　　강＋렬

（2）羅列　　→　　나＋열

　　分裂　　→　　분＋열

　　卑劣　　→　　비＋열

2.5.8. 漢音詞 (漢字語) 「량/양」 (量) 的用法

前音節若是「漢音詞 (漢字語) 詞彙/單字」時，則後音節是「량」；前音節若是「固有語/純韓語或是外來詞彙/單字」時，則後音節是「양」。

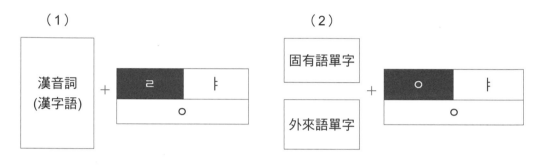

（1）

漢音詞 (漢字語) + ㄹ ㅑ ㅇ

（2）

固有語單字
外來語單字 + ㅇ ㅑ ㅇ

範例

（1）降雨量 → 강＋우＋량

消費量 → 소비＋량

生產量 → 생산＋량

使用量 → 사용＋량

酒精含量 → 알콜＋함＋량

（2）雲量 → 구름＋양

數據流量 → 데이터 흐름＋양

2.5.9. 漢音詞（漢字語）「불」（不）的用法

漢字「不」（불）遇上「ㄷ、ㅈ」時候，「ㄹ」脫落。

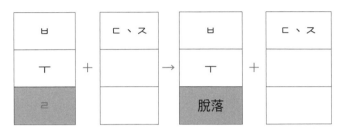

範例

- （1）불（不）＋동산（動產）　→ 부동산 不動產
- （2）불（不）＋당 （當）　　→ 부당　 不當
- （3）불（不）＋족 （足）　　→ 부족　 不足
- （4）불（不）＋적당（適當）　→ 부적당 不適當

2.6 音韻變動現象解釋

本節是針對韓語音韻變化的時候，所賦予的專有名詞之解釋。

2.6.1. 子音同化（자음동화，consonant assimilation）

所謂「同化」，顧名思義就是「變得相同」之意。因此，子音同化是指 2 個相鄰接的子音，在某個音韻環境之下變得彼此相似之意。通常是指鼻音化與流音化現象。

範例

（1）鼻音化
① 「ㅂ、ㄷ、ㄱ」＋「ㄴ、ㅁ」→（ㅁ、ㄴ、ㅇ）＋「ㄴ、ㅁ」
② 「ㅁ、ㅇ」＋「ㄹ」　　　→（ㅁ、ㅇ）＋（ㄴ）
③ 「ㅂ、ㄷ、ㄱ」＋「ㄹ」　→「ㅁ、ㄴ、ㅇ」＋（ㄹ）→（ㅁ、ㄴ、ㅇ）＋（ㄴ）

（2）流音化
① 「ㄹ」＋「ㄴ」→〔ㄹ＋ㄹ〕（順行同化）
② 「ㄴ」＋「ㄹ」→〔ㄹ＋ㄹ〕（逆行同化）

2.6.2. 子音有聲化

所謂子音有聲化，是指前音節為開音節、後音節初聲位置之子音若為「ㄱ(k)/ㄷ(t)/ㅂ(p)」時，則會讀為「ㄱ(g)/ㄷ(d)/ㅂ(b)」。這是因為後音節的子音是處於前後音節皆為母音之發音環境，所以原來無聲的子音受影響而轉變為有聲子音。

範 例

（1）바＋가 [paka]　→　[paga]

（2）바＋다 [pata]　→　[pada]

（3）바＋보 [papo]　→　[pabo]

2.6.3. 母音同化（모음동화，vowel assimilation）

　　所謂母音同化，是指母音與母音之間所發生之「相似」音變現象。也就是當前音節的後舌母音「ㅏ、ㅓ、ㅗ、ㅜ」與前舌母音「ㅣ」相遇時，受到前舌母音的影響而同化為前舌母音。但是此現象當中，有一部分發音卻會因此而產生標準語與非標準語之間認定的差異。

範 例

（1）남비　→ 냄비　　　　（湯鍋）

（2）풋나기→ 풋내기　　　（生手）

（3）멋장이→ 멋쟁이　　　（好時髦者）

2.6.4. 中間音「ㅅ」

　　所謂中間音「ㅅ」，是指2個形態素或是某2個單字構成合成語辭彙時，兩者之間所添加入之音。中間音「ㅅ」最大的意義或用處，是為了讓後音節初聲的無聲子音變成緊音（硬音），也就是「ㄱ、ㄷ、ㅂ、ㅅ、ㅈ → ㄲ、ㄸ、ㅃ、ㅆ、ㅉ」，而這個現象可分成兩層面來說明。

（1）形態層面

中間音「ㅅ」是否加入兩音節當中，尚需要考慮是否符合以下幾項條件：

範例

---

① 開音節＋ㅅ＋平音子音 → 초（蠟）＋ㅅ＋불（火）

② 實辭　＋ㅅ＋實辭　　 → 초（蠟）（實辭）＋ㅅ＋불（火）（實辭）

③ 固有語＋ㅅ＋固有語　 → 초（蠟）（實辭/固有語）＋ㅅ＋불（火）（實辭/固有語）

（2）音韻層面

在15世紀時，基本上中間音「ㅅ」的功能之一是表「所有（的）」之意，它的最大功能是讓後音節初聲的平音子音轉為緊音（硬音）的發音，藉此表達兩連接音節之間有複合或修飾之意，故中間音「ㅅ」有時候不會表示出形態，但是仍行使後音節緊音化（硬音化）的功能。

範例

---

① 밤＋길　 → 밤＋（ㅅ）길　 → 밤길　[밤낄]　（夜路）

② 눈＋사람 → 눈＋（ㅅ）사람 → 눈사람 [눈싸람]（雪人）

③ 빵＋가루 → 빵＋（ㅅ）가루 → 빵가루 [빵까루]（麵包粉）

中間音「ㅅ」在韓文音韻系統中，算是仍然存有許多爭議之部分。爭議之原因在於：

· 例外太多（符合條件卻不發緊音（硬音），或未符合條件卻發緊音（硬音），亦或詞彙意義需要而發緊音（硬音））。

- 隨著話者的心理態度不同，可添加或不添加（[김밥/김빱]）。

- 有無添加中間音，會改變其原來單詞之意（나무집（나무로 만든 집）VS 나뭇집（나무를 파는 집））。

- 漢音詞（漢字語）與固有語的現象不同，大部分不添加中間音（여권）[여꿘]。

　　因此，中間音種種的限制現象，造成截至目前為止，仍無完整的規則可循。

補充　目前有關韓語中間音「ㅅ」的相關規定整理如下各圖。

（1）韓文拼寫法（맞춤법）

　　①韓文拼寫法第2章，第1節（한글 맞춤법 제2장 제1절）

（2）標準語規定（표준어 규성）

　　①標準語規定第6章第14項　　　②標準語規定第6章第23項
　　（표준어 규정 제6장 제14항）　（표준어 규정 제6장 제23항）

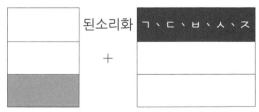

③標準語規定第6章第24項
（표준어 규정 제6장 제24항）

④標準語規定第6章第25項
（표준어 규정 제6장 제25항）

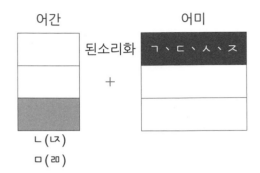

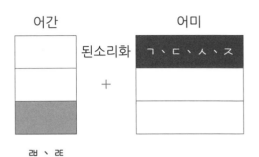

⑤標準語規定第6章第26項
（표준어 규정 제6장 제26항）

⑥標準語規定第6章第27項
（표준어 규정 제6장 제27항）

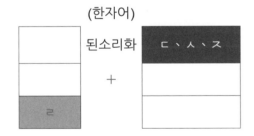

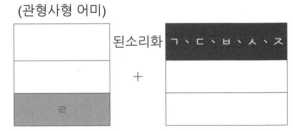

⑦標準語規定第6章第28項
（표준어 규정 제6장 제28항）

자음 있음
자음 없음

2.6.5. 語感（어감，nuance）

　　所謂「語感」，是指保留原詞彙的意義，但是將原詞彙之字母（子音或母音）做系列性改變（母音：陰陽互換，子音：平音、激音、硬音互換），藉以加強或者是給予特殊表達之感覺。這類韓文語感的變化通常都是出現在「擬聲語」與「擬態語」還有「色彩語」詞彙中，其變化現象如下所示：

（1）母音之語感

　　①陽性母音（ㅏ、ㅑ、ㅗ、ㅛ、ㅘ、ㅚ、ㅙ、ㅐ、ㅒ）

　　　語感：明亮、銳利、小、輕、強、薄

　　②陰性母音（ㅓ、ㅕ、ㅜ、ㅠ、ㅝ、ㅔ、ㅟ、ㅖ、ㅞ、ㅡ、ㅣ、ㅢ）

　　　語感：暗沉、沉鈍、大、重、弱、厚

範 例

（1）살랑살랑（冷颼颼）　　→ 설렁설렁　（冷風輕颺）
（2）대굴대굴（咕嚕嚕）　　→ 데굴데굴　（骨碌碌）
（3）되똑되똑（搖搖晃晃）→ 뒤뚝뒤뚝（搖搖擺擺）
（4）바락바락（氣沖沖）　　→ 버럭버럭（勃然大怒）
（5）송당송당（切小塊貌）→ 숭덩숭덩（切大塊貌）
（6）꽁꽁（哼）　　　　　　→ 꿍꿍　　　（哼）
（7）찰찰（滿滿）　　　　　→ 철철　　　（滿滿）

（2）子音之語感

①平音：平順、柔和

②激音：巨大、粗糙

③硬音：強烈、堅硬

範例

子音　編號	平音 （平順、柔和）	激音 （巨大、粗糙）	硬音 （強烈、堅硬）
1	빙빙　　（旋轉貌）	핑핑　　（轉暈）	뻥뻥　　（團團轉）
2	단단　　（硬）	탄탄　　（牢固）	딴딴　　（健壯）
3	감감하다（黑）	캄캄하다（沉黑）	깜깜하다（漆黑）
4	덜썩　　（噗通）	털썩　　（噗通）	（없음）
5	나불나불（飄動貌）	나풀나풀（飄盪）	（없음）
6	가슬가슬（粗糙）	（없음）	까슬까슬（粗糙）
7	더듬더듬（隱隱約約）	（없음）	떠듬떠듬（斷斷續續）

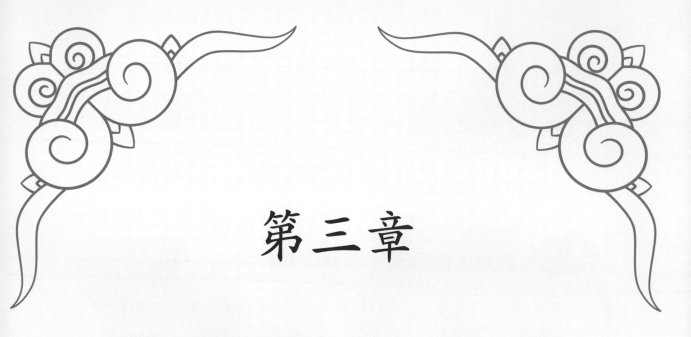

第三章

韓語構詞形態

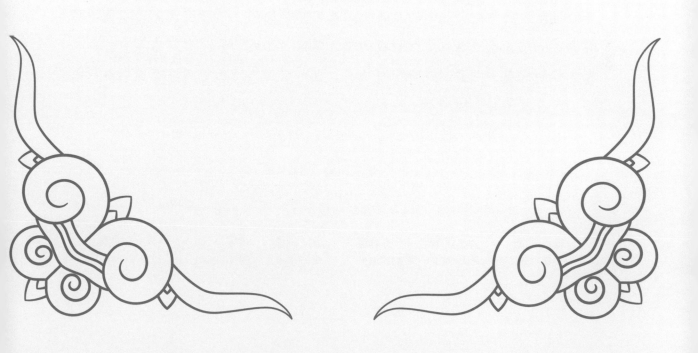

　　所謂「形態」，是指構成某一構造或整體具有一定的模樣者。本章主要是以韓語文字形態（外貌/語形/形式）作為主要介紹對象。一般而言，大多外語學習者在結束發音階段之後便會開始接觸「詞彙」，但是殊不知在學習「詞彙」之前，尚有比詞彙更小或者相同的語法概念需要先行認識。筆者深覺在介紹韓語「詞彙」體系之前，有必要將韓語有關「詞彙」的周邊構造先行介紹與分析，以期學習者日後學習韓語時，能或多或少得以解惑。

3.1 詞素（形態素，형태소，morpheme）

　　所謂詞素（形態素），是指「範圍最小，但具有意義」之語法單位。韓語詞彙並非像漢語般一字一音節，如：我（나）、樹（나무）、愛（사랑）、冷（춥다）、九（아홉）、餓（고프다）。漢語翻譯成韓語時，並非皆是如漢語般一字一音節，所以若將韓語詞彙結構再次整理來看，漢語一個字可以是韓語一個以上的音節所構成，而如果把一個音節以上的韓語詞彙其音節拆開，便會失去原本的意義。因此，韓語的詞素（形態素）可以簡單理解為「一個音節或以上」所構成的語言單位。而這詞素（形態素），可以是有實質的意義（詞彙本身所指事物），也可以是語法功能（沒有漢語翻譯意思），其關係如下圖所示：

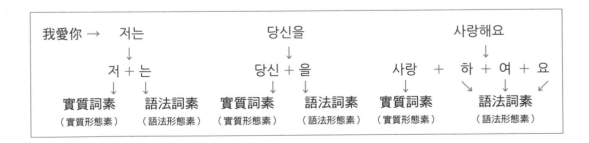

3.2 詞彙（單語，단어，word）

　　詞彙是指由一個或以上的詞素（形態素）所構成、有獨立性的最小語言單位。

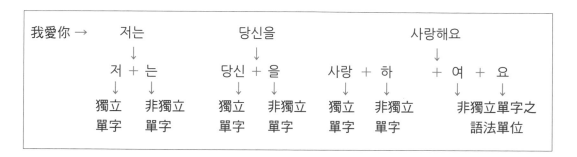

> **備註**　助詞/虛詞類雖被認定為單字，但其實是屬於依存詞素（形態素）。

3.3 詞彙素（語彙素，어휘소，lexeme）

　　所謂「詞彙素」（語彙素），是指具有多種形態、樣貌的詞彙之總稱。
換句話說，就是字典上登載的最基本形態。

3.4 詞形（語形，어형，word form）

　　所謂「詞形」（語形），是指某一個詞彙其本身具有的多種屈折（活用）形態。

3.5 詞基（語基，어기，base）

　　所謂「詞基」（語基），是指擔任一個詞彙裡最具核心意義的部分，是可以與詞尾（語尾）或者其他語言單位發生屈折（活用）的部分。

範例

（1）詞基（語基）1

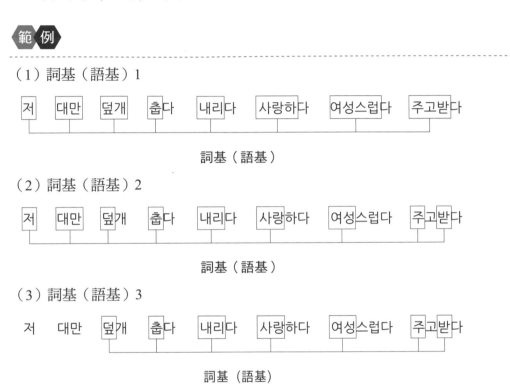

（2）詞基（語基）2

（3）詞基（語基）3

　　所謂「詞基」（語基）的語法單位，在韓語語法的說明過程中，已逐漸被「詞根」（語根）所替代。「詞基」（語基）與「詞根」（語根）的詞彙構造，在語法範圍上過於相似，而且「詞基」（語基）在每位學者的詮釋上又有許多些微的差異，所以有許多學者基本上是建議不要使用「詞基」（語基）概念，直接採用「詞根」（語根）即可。

　　如上圖，「詞基（語基）1」與「詞基（語基）2」之間，便有「덮개」（詞基（語基））與「덮＋개」（詞基（語基））＋（衍生後綴詞（派生接

尾詞））的認知差異，還有「여성스럽다」（詞基（語基））與「여성＋스럽다」（詞基（語基））＋（派生接尾詞）、「주고받」（詞基（語基））與「주/받」（詞基（語基））的認知差異。

　　當初所謂「衍生後綴詞」（派生接尾詞）概念，是由於有部分詞彙的核心意義是由「不完整詞（語）根」或者「難以定位的語言單位」或者是在「討論詞彙形成的過程（（3）詞基（語基）3）」所組成之要素。有鑑於此，依照韓國部分學者的主張，便創立了這「詞基」（語基）的語法概念。筆者認為所謂「詞基」（語基）的概念，亦是應該在討論詞彙形成的前提下才會出現的語法單位較為合適。亦即「（3）詞基（語基）3」的主張較為恰當。

3.6 詞根（語根，어근，root）

　　所謂「詞根」（語根），是指擔任一個詞彙裡核心意義的部分，是詞彙與詞彙之間組合成另一個詞彙的基本單位，但是無法與詞（語）尾（除固有語）或者其他部分語言單位發生屈折（活用）的部分。何謂「詞根」（語根）？先看看以下的範例。

範 例

（1）詞根（語根）1

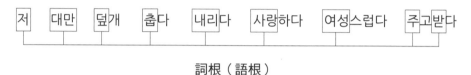

詞根（語根）

（2）詞根（語根）2

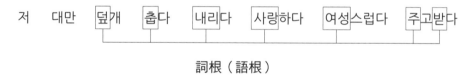

詞根（語根）

　　這是指在「詞彙形成過程」當中，討論其文法單位時所指之合成或衍生（派生）的單位。簡單來說，只有在討論詞彙形成時，才會有所謂「詞根」（語根）的語法單位出現，所以一般意指「詞根」（語根）的時候，是指「（2）詞根（語根）2」的情況。

3.7 詞幹（語幹，어간，stem）

　　所謂「詞幹」（語幹），是指用言（動詞與形容詞）語形變化的基本形態，可以與詞（語）尾產生屈折（活用）（활용/씨끝바꿈，conjugation）現象，但並非為獨立詞素（獨立形態素）。

範例

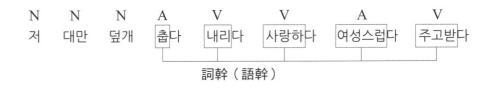

N	N	N	A	V	V	A	V
저	대만	덮개	춥다	내리다	사랑하다	여성스럽다	주고받다

詞幹（語幹）

備註　「詞幹」（語幹）是動詞或形容詞才有的語法單位，名詞類並無。

3.8 綴詞（接詞，접사，affix）

所謂「綴詞」（接詞），是指添加於「詞基」（語基）或「詞根」（語根）的前或後所產生之新意義或賦予新語法功能的一種詞素（形態素）。

3.8.1. 前綴詞（接頭詞，접두사，prefix）

前綴詞（接頭詞）的功能，是接在詞根（語根）前面而形成一個新詞彙，而這樣形成的衍生語（派生語）中的前綴詞（接頭詞），並不具有能夠對新形成的詞彙改變其文法範疇的能力。換句話說，前綴詞（接頭詞）對於新形成的詞彙，只是具有限定性功能（限定或修飾其意義），而非支配性功能（改變原本詞根（語根）之品詞屬性）。

（1）組合位置

範 例

| 첫-사랑 | 새-집 | 시-퍼렇다 | 맨-손 |

前綴詞（接頭詞）

備註 其實在韓語的前綴詞（接頭詞）當中，大約有4個仍會改變其衍生（派生）後的詞彙品詞，但是這是相當限定性的用法。

① 강-마르다（V）⇒ 강마르다（乾瘦）（A）

② 메-마르다（V）⇒ 메마르다（貧瘠）（A）

③ 숫- 되다（V）⇒ 숫되다　（純樸）（A）

④ 엇- 되다（V）⇒ 엇되다　（有些傲慢）（A）

（2）組合種類

依照《國語單詞形成法研究》（김정은，2000）的分類來看，韓文前綴詞（接頭詞）可分為以下幾類：

類別	數量	範例
名詞衍生（派生）	46	넛-（奶奶與姐姐親戚血緣～），맏-（長/大～），핫-（棉～），홀-（孤～），골-（骨～），불-（赤～），숫-（純～），돌-（品質低/野生～），들-（野生～），어리-（幼～），참-（真/上等～），메-（野～），찰-（黏～），올(오)-（早熟～），풋-（嫩～），해(햅)-（新～），암-（母～），수-（公～），갈-（褐～），쇠-（牛/小品種的～），둘-（不能生育的～），날-（生的～），강-（強～），맨-（光～），민-（淡～），알-（光～），군-（多餘～），옹-（甕～），한-（正/大～），외-（獨～），홑-（單～），막-（末～），이듬-（下～），핫-（有配偶的～），덧-（添加的～），데-（半～），뒤-（狠～），맞-（相當～），빗-（偏/歪～），얼-（傻/半～），짓-（亂/猛～），헛-（白/空～），엇-（錯/歪～），개-（無意義的～），치-（往上～），밭-（外邊的～）
動詞衍生（派生）	19	나-（突然～），내(냅)-（隨意/出來～），들-（用力～），들이-（猛烈地～），처-（胡亂～），휘-（繞～），거머-（強烈驅趕～），검-（用手攪動～），덧-（重複～），데-（無完全～），뒤-（任意～），맞-（相當～），빗-（錯～），얼-（含糊～），짓-（猛～），치-（往上～），헛-（白/空～），드-（非常～），엇-（背/錯/歪～）
形容詞衍生（派生）	8	걸-（粗糙～），검-（用手攪動～），새-（新～），샛-（深～），시-（鮮/深～），싯-（鮮/深～），드-（十分～），엇-（背/錯/歪～）

上述表格中的韓語前綴詞（接頭詞）當中，筆者支持的看法，部分與其他學者不同，也就是說，這些前綴詞（接頭詞）並非能讓所有學者都認同。這是因為（1）韓語的前綴詞（接頭詞）若是為較非生產性（能夠形成新單字的量不多）的詞類，則其是否為前綴詞（接頭詞）的認定就較為薄弱，

（2）韓語前綴詞（接頭詞）當中，有些與「冠形詞」有爭議的現象，如《國語單詞形成法研究》（김정은，2000）的分類當中，便沒有「첫-」的用法。

（3）設定基準

①從形態面來看，前綴詞（接頭詞）發生形態變化（部分），與特定詞根（語根）之間具有依存性質。

例：드-（들다）：드높다（昂揚）、드세다（強而有力）

②從分布面來看，前綴詞（接頭詞）有分布的限制。

例：이듬해（第二年）（〇）、이듬시간（第二時間）（✕）、이듬집（第二家）（✕）

③從機能面來看，前綴詞（接頭詞）具有非分離性與修飾限制。

例：1）외아들（獨子）→ 외＋착한＋아들 →（✕）

    2）뭇백성（群氓（白丁））→ 뭇＋착한＋백성 →（〇）

④從意義面來看，前綴詞（接頭詞）歷經意味變化，而形成了抽象的語言單位。

例：1）겉늙다（蒼老）→ 겉（外表）＋늙（老）→ 語彙意味維持

    2）돌배 （野梨）→ 돌（石頭 → 野生）＋배（梨）→ 語彙意味變化

3.8.2. 後綴詞（接尾詞，접미사，suffix）

後綴詞（接尾詞）的功能，是接在詞根（語根）後面而形成一個新詞彙，後綴詞（接尾詞）對於新形成的詞彙，不僅具有限定性功能（限定或修

飾其意義），也具有支配性功能（改變原本語根之品詞屬性）。

（1）組合位置

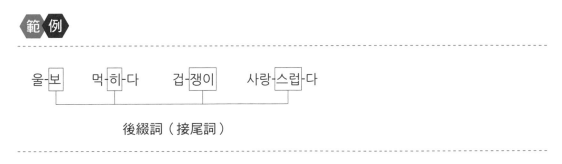

울-보　먹-히-다　겁-쟁이　사랑-스럽-다

後綴詞（接尾詞）

（2）組合種類

依照《國語單詞形成法研究》（김정은，2000）的分類來看，韓文後綴詞（接尾詞）可分為以下幾類：

類別	數量	範例
名詞衍生（派生）	74	-개（～物/品），-거리1（～格/每），-거리2（～（低俗之意）），-거리3（～價值/身體病名），-깔（～基礎），-께（～左右/前後），-꼴（～該價值），-ㅑ러기（～鬼/精），-꾼（～夫/徒），-꾼치（～（身體部位）），-내기（～出身），-네（～集團），-다리（～個子），-딱서니（～標籤），-우라기（～屑），-음（～（名詞化）），-다귀（～（貶低之意）），-데기（～（輕視職業或人格）），-따리（諂媚），-때기（～（貶低之意）），-뜨기（～（某種負面之意）），-매（～姿態），-박이（～鑲有），-발（～出發/線），-보（～某特性），-보송이（～（某食物油炸部分）），-부리（～尖頭），-붙이（～類/種），-빼기（～（貶低某種特徵）），-뻘（～輩分），-사리（～（魚類名稱）），-새（～樣貌），-쇠（～男子），-스랑（～耙子），-아리（～（貶稱小東西）），-악서니（～（貶低之意）），-으러기（～屑），-아지（～幼），-어치（～價值），-웅（～頂），-이（～人/事務），-장（～負責人/葬禮/本/信/狀），-장이（～匠），-쟁이（～人/鬼/傢伙），-지거리（～（不滿/厭煩之意）），-지기（～糧食數量詞/守護），-질（～活/行為），-찌/지（～環）

名詞 衍生 （派生）	74	，-투성이（～全身），-태기（～（兜）），-퉁이（～（對態度貶低之意）），-포（～多餘），-타리（～圍），-팽이（～（人之貶稱）），-동이/둥이（～小孩的愛稱），-뱅이（～有某特性之人），-지（～紙），-쯤（～程度），-째（～整/表順序），-치（～值），-치기（～小偷），-기（～機器名/期），-갱이（～支撐器具），-막（～幕/膜），-애/에（～某器具），-암/엄（～某名詞之結束場地/部分），-저지（～照顧孩子的女人），-깨（～座位），-챙이（～不入流/不起眼），-앙이/엉이（～（與特定有語源的單字結合）），-충이（～喜愛糕餅的人），-투리（～邊角）
動詞 衍生 （派生）	19	-닐-（～閒晃/來去～），-드리-（恭順行為），-조리-（～吟哼），-지르-（～做出某行為），-치-（～構成強勢語），-구-（～使動用法），-기-（使動/被動用法），-리-（使動/被動用法），-우-（～使動用法），-(으)키-（～使動用法），-이1-（使動），-이키-（～使動用法），-히-（使動/被動用法），-주-（～使動用法），-애-（～使動用法），-이우-（～使動用法），-거리-（～反覆），-이2-（～被動用法），-그리-（～縮捲）
副詞 衍生 （派生）	14	-껏（～盡量），-내（～整整），-이（～副詞用法），-소/수（～親自），-음（～（名詞化）），-것(-컷)（～盡情），-ㅅ（～（特殊副詞用法）），-사리（～副詞用法），-금（副詞用法/強調意思），-욱（突然），-장（～直/不停），-암치（限定副詞用法），-에/애（～與各微笑詞彙相結合），-어/우（～與特定詞彙組合後表胡亂之意）
形容詞 衍生 （派生）	11	-스럽-（～有某部分性質），-답-（～符合某特質），-롭-（～具有相當某特質），-접/쩝-（～某物質繁多），-적/쩍-（某物質稍少），-브-（部分語源單字轉為形容詞），-압-/업-（部分語源單字轉為形容詞），-갑-/겁-（部分語源單字轉為形容詞），-다랍-（部分語源單字轉為形容詞），-앟/엏-（部分語源單字轉為形容詞），-하-（轉為形容詞）

　　韓語的後綴詞（接尾詞）比前綴詞（接頭詞）更具生產性（能夠形成新單字的量較多），且種類更為繁多。而上述表格中的韓語後綴詞（接尾詞）當中，有部分是相當限制性的用法，並且在對照漢語的翻譯上著實不易（因為兩者的語意與構造、使用上原本就不盡相同），故上表內的韓文後綴詞（接尾詞）的漢語翻譯僅供參考。

①從形態面來看，後綴詞（接尾詞）具有依存性質。

例：바보（名詞語根（傻瓜））＋스럽（接尾詞）＋다

②從機能面來看，後綴詞（接尾詞）會引起品詞改變。

例：크（形容詞語根（大））＋기（接尾詞（轉成派生語尾））＋다

③從分布面來看，後綴詞（接尾詞）分布有受到限制。

例：1）먹（吃）＋이 →（먹이（餵））　　（○）

　　2）먹（吃）＋히 →（먹히（被吃））（○）

　　3）먹（吃）＋기 →（먹기（？））　　（✕）

④從意義面來看，後綴詞（接尾詞）能對詞根（語根）添加意味，同時也修
　飾其原本詞根（語根）意味。

例：1）높（高）＋다랗（後綴詞（接尾詞））＋다 → 添加意味

　　2）덮（蓋）＋개（後綴詞（接尾詞）） → 依照其語根各項意味加以限
定

3.9 屈折/活用（굴절/활용，inflection/conjugation）

　　所謂「屈折」（活用），是指詞根（語根）、詞基（語基）、詞幹（語幹）類的語言單位與「詞尾」（語尾）結合而改變原來語言單位之性質、樣態。其中分為兩類，一類稱為「曲用」（곡용），另一類則稱為「活用」（활용/씨끝바꿈）。

（1）曲用（곡용，declension）：名詞的屈折，名詞與其他語言單位結合。

例：꽃미남 인 상철, 상철 이 꽃미남…, 임이랑 을 사랑한다.

　　身為花美男的上徹、上徹……花美男、愛林俐良

> **備註**　所謂「曲用」，在西洋語名詞中，是其他詞類融入名詞、複數、人稱當中（如：foot → feet），但基本上韓語的詞根（語根）與虛詞（助詞）是分開的，故「曲用」一詞有待再詮釋。

（2）活用（활용/씨끝바꿈，conjugation）：也就是用言的屈折，指的是用言詞幹（語幹）與其他語言單位結合。

例：밥을 먹 으면서 …, 넓 은 마음…, 헤어지 었다고 …

　　一邊吃飯、寬廣的心、聽說分手

> **備註**　所謂「活用」，意即用言詞幹（語幹）與連結詞尾（語尾）、先行詞尾（語尾）、終結詞尾（語尾）類結合之意。

3.10 短語/詞組/片語（句，구，phrase）

　　韓語中所謂的「句」，是指由2個或者2個以上的「語節」（體言＋虛詞（助詞））所構成，而成為一個「子句」（節）或者「句子」（文章）的成分之語言單位。（「句」主要是沒有「主語」的語言單位）

（1）名詞短語（名詞句，명사구，Noun phrase，NP）

例：그 착한 아이는 상철이란다.

　　那個善良的孩子叫做上徹。

解釋：名詞與其相結合的語言單位之組合。

（2）動詞短語（動詞句，동사구，Verb phrase，VP）

例：상철이는 이랑이 쓴 편지를 읽고 있었다.

　　上徹正讀著俐良寫的信。

解釋：動詞與其相結合的語言單位之組合。

（3）形容詞短語（形容詞句，형용사구，Adjective phrase，AP）

例：우리의 만남은 너무나 달콤했다.

　　我們的相遇太甜蜜。

解釋：形容詞與其相結合的語言單位之組合。

（4）副詞短語（副詞句，부사구，Adverb phrase，AdvP）

例：사랑은 그렇게 조용히 지나갔다.

　　愛情就那樣安靜地擦身而過。

解釋：副詞與其相結合的語言單位之組合。

（5）冠形詞短語（冠形詞句，관형사구，Prenoun phrase）

例：꽃미남인 상철의 사진을 찾아냈다.

找出了花美男上徹的照片。

解釋：冠形詞與其相結合的語言單位之組合。

（6）獨立詞短語（獨立詞句，독립구，independent word）

例：시들어진 사랑, 우리의 과제다.

凋謝的情感，我們之間的課題。

解釋：該詞組的成分與句子中的成分並無直接關係，是獨立於句子外的語言
　　　單位之組合。

短語/詞組（語節/文節，어절/문절/말마디/말토막/조각，word segment）

　　韓語中所謂的「語節」，是指構成一個句子當中的各個成分。簡單來說，可以是句子裡的一個詞彙，或者也可以是由一個體言加上助詞類所形成的語言單位。

例：어젯밤에는 오래 꿈을 꿨다.

　　昨晚夢得好久。

3.12 子句（節，절，passage）

　　韓語中所謂的「節」，是指一個句子當中，雖然具有主語與謂語（敘述語）的部分，但卻不能獨自成為一個句子的語言單位。

例：이량이는 울며 손수건으로 눈물을 닦는다.

　　俐良一邊哭著同時用手帕擦淚。

　　依照多重複句（內包文）中的「節」構造，可細分為下列幾項：

（1）名詞子句（名詞節，명사절，noun clause）

例：나는 이량이는 어제 떠났음을 알았다.

　　我知道俐良昨天走了。

解釋：「이량이는 어제 떠났음」在句中，是以「主語＋狀語（副詞語）＋謂語（敘述語）」的構造，轉變為衍生名詞（派生名詞）的功能。

（2）定語子句（冠形節，관형절，adnominal clause）

例：상철이는 이량이가 온다는 것을 알았다.

　　上徹知道俐良來了。

解釋：「이량이가 온다는」在句中，是以「主語＋謂語（敘述語）」的構造，轉變為冠形詞修飾的功能。

（3）狀語子句（副詞節，부사절，**adverbial clause**）

例：이랑이는 소리도 없이 울고 있었다.

　　俐良無聲地哭泣著。

解釋：「소리도 없이」在句中，是以「主語＋狀語（副詞語）」的構造，
　　　轉變為副詞修飾的功能。

（4）謂語子句（敘述節，서술절，**predicate clause**）

例：이랑이는 마음씨가 좋다.

　　俐良心地善良。

解釋：「마음씨가 좋다」在句中，是以「主語＋謂語（敘述語）」的構
　　　造，轉變為敘述的功能。

（5）引用子句（引用節，인용절，**quoted passage**）

例：상철이는 "이량이가 참 예쁘구나." 라고 말했다.

　　上徹說「俐良真美啊」。

解釋：「이랑이가 참 예쁘구나」在句中，是以「主語＋狀語（副詞語）＋
　　　謂語（敘述語）」的構造加上引用虛詞（助詞）「－라고」，轉變為
　　　引用的功能。

3.13 句子（文章，문장，sentence）

　　韓語中所謂的「文章」（句子，문장），指的是在韓語系統中能夠完整表達出想法或情感的最小語言單位。主要是必須具備「主語」與「謂語」（敘述語），而且必須能獨自成為一個可以加上句號、問號、驚嘆號等標點符號的語言單位。（韓語的「文章」，等於是漢語的「句子」）

範 例

（1）밤이 어둡다.　　　　　　　　　→ 主＋謂（述）→ N＋A

　　　夜漆黑。

主語：밤이

謂語（敘述語）：어둡다

（2）너는 참 이기적이로구나!　　　　→ 主＋謂（述）→ N＋N＋敘述格助詞

　　　你真是自私啊！

主語：너는

謂語（敘述語）：참 이기적이로구나

（3）우리는 다시 사랑을 할 수 있을까?　→ 主＋謂（述）→ N＋V

　　　我們不能再愛一次嗎？

主語：우리는

謂語（敘述語）：다시 사랑을 할 수 있을까

3.14 韓語詞彙分類

　　韓語詞彙系統中，依照詞彙的「意義或性質」來區分的話，可以分成（1）名詞、（2）代名詞、（3）數詞、（4）動詞、（5）形容詞、（6）冠形詞、（7）副詞、（8）助詞、（9）感嘆詞等9種，一般稱之為「9品詞」。而依照詞彙的「機能」來區分的話，則可歸類為（1）體言、（2）用言、（3）修飾言、（4）關係言、（5）獨立言等5大類。韓語的詞彙分類，簡單整理如下：

區分 名稱	意義分類	韓文		機能分類	韓文	
		現代稱謂	固有語稱謂		現代稱謂	相似稱謂
單位名稱	（1）名詞	（1）명사	（1）이름씨	體言	체언	임자씨
	（2）代名詞	（2）대명사	（2）대이름씨			
	（3）數詞	（3）수사	（3）셈씨			
	（4）動詞	（4）동사	（4）움직씨	用言	용언	풀이씨
	（5）形容詞	（5）형용사	（5）그림씨			
	（6）冠形詞	（6）관형사	（6）어떤씨，언씨，매김씨	修飾言	수식언	꾸밈씨
	（7）副詞	（7）부사	（7）어찌씨			
	（8）助詞	（8）조사	（8）토씨	關係言	관계언	걸림씨
	（9）感嘆詞	（9）감탄사	（9）느낌씨	獨立言	독립언	홀로씨

詞彙分類基準：

------------------形態------------------機能------------------------意義----------------

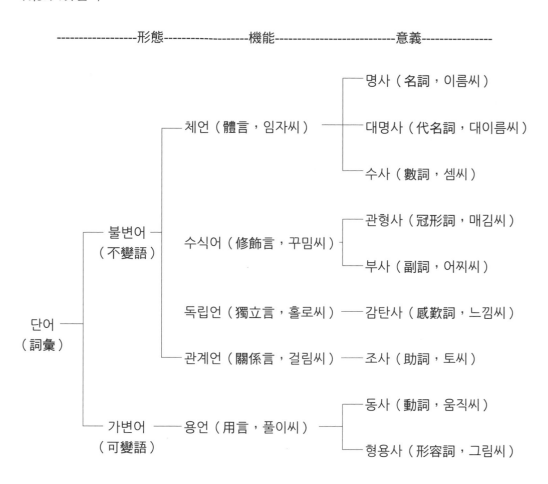

3.14.1. 體言（체언，an uninflected word）

　　「體言」是指在一個句子當中，擔任句子骨幹的語言單位，可以與助詞結合後，行使「主語」以及「賓語」（目的語）、「補語」、「謂語」（敘述語）（名詞＋이다）、「狀語」（副詞語）的功能。「體言」包含名詞、代名詞、數詞，說明如下。

3.14.1.1. 名詞（명사，noun）

「名詞」依照其可否獨立行使，可分為「自立性名詞」、「非自立性名詞」，再若依照其性質來區分的話，可以分為「普通（一般）名詞」、「專有名詞」、「依存名詞」。若再將其依照行使的功能來細分，則可細分如下：

區分	獨立與否	性質	功能	例
名稱	自立性名詞	（1）固有名詞 （2）普通名詞	①專有名詞	대만（台灣）、한국（韓國）、이순신（李舜臣）、임이량（林俐良）
			②普通名詞	사람（人）、나라（國家）、하늘（天空）
			③數量名詞（可數）	책（書）、집（家）、새（鳥）、토끼（兔子）
			④質量名詞（不可數）	물（水）、공기（空氣）、바람（風）、비（雨）
			⑤有情名詞	학생（學生）、애인（愛人）、어머니（媽媽）、여자（女生）
			⑥無情名詞	나무（樹）、꽃（花）、풀（草）、바위（岩石）
			⑦動態名詞	입대（入隊）、독서（讀書）、승차（乘車）、유학（留學）
			⑧狀態名詞	총명（聰明）、불만（不滿）、불행（不幸）、고독（孤獨）
			⑨方向名詞	앞（前）、뒤（後）、북쪽（北邊）、오른쪽（右邊）
			⑩程度名詞	겁쟁이（膽小鬼）、심술꾸러기（心機鬼）、돌팔이（半吊子）、바보（傻瓜）
	非自立性名詞	（3）依存名詞	①語法	1）普遍性：것、데、바、이…… 2）主語性：-은/ㄴ지＋가、바 3）敘述性：-을/ㄹ뿐＋이다 4）副詞性：있는대로、아는 채
			②數量（單位詞）	固有語類： 가지（種類）、갑（包）、채（棟）、벌（套）

區分	獨立與否	性質	功能	例
名稱	非自立性名詞	（3）依存名詞	②數量（單位詞）	漢音詞類： 년（年）、월（月）、분（分）、배（倍）、명（名） 外來詞類： 센티미터（公分）、미터（公尺）、킬로미터（公里）

3.14.1.2. 代名詞（대명사，pronoun）

　　「代名詞」是指為了避免語言使用過於繁雜，而使用另外的稱呼來替代原本欲指稱之「人、事、物」之名詞，依照其行使之對象、功能，可再細分為（1）「人稱代名詞」與（2）「指示代名詞」。

（1）「人稱代名詞」

尊待 對象		極尊稱		普通尊稱		普通下稱		極下稱	
		單數	複數	單數	複數	單數	複數	單數	複數
第一人稱（我）						나	우리	저	저희
第二人稱（你）		어르신	＋들	당신，귀하	＋들	자네 그대	＋들	너	너희
第三人稱（他）	近	이 어른	＋들	이분，이이	＋들	이 사람	＋들	이얘（얘），이놈	＋들
	中	그 어른	＋들	그분，그이	＋들	그 사람	＋들	그얘（걔），그놈	＋들
	遠	저 어른	＋들	저분，저이	＋들	저 사람	＋들	저얘（쟤），저놈	＋들
不定稱		어느 어른 （哪一位大人）		어느 분 （哪一位）		아무，아무개 （任何一個）		누구，아무 놈 （誰，哪個傢伙）	

（2）「指示代名詞」

指示對象 對象稱呼	事物	處所	方向
近稱	이，이것 （這，這個）	여기 （這裡）	이리 （這裡）
中稱	그，그것 （那，那個）	거기 （那裡）	그리 （那裡）
遠稱	저，저것 （那，那個）	저기 （那裡）	저리 （那裡）
不定稱	아무것 （任何一個）	아무데, 어떤데 （任何一處）	
未知稱	무엇 （什麼）	어디 （哪裡）	

3.14.1.3. 數詞（수사，numeral）

　　「數詞」是指表示出「人、事、物、次數、數量」等類別的詞彙，依照其表示的範圍對象，可以再細分為（1）量數詞（數量數詞）、（2）不定量數詞、（3）序數詞（順序數詞）、（4）不定序數詞。

	數詞	例	
		固有語	漢字詞
1	量數詞 （數量數詞）	하나（1），둘（2），셋（3），넷（4），열（10），스물（20），서른（30）……	일（一），이（二），삼（三），사（四），십（十），이십（二十），백（百），천（千）……
2	不定量數詞	한둘（1-2），두셋（2-3），서넛（3-4），네다섯（4-5）……	일이（一二），이삼（二三），삼사（三四），사오（四五）……

3	序數詞 （順序數詞）	첫째（第一），둘째（第二）， 셋째（第三），넷째（第四）……	제일（第一），제이（第二）， 제삼（第三），제사（第四）……
4	不定數序數詞	한두째（第一二）， 두어째（第二三）， 두서넛째（第二三四）……	

補充1　名詞、代名詞、數詞的使用差異：

	名詞	代名詞	數詞
＋冠形詞	可 새 차（○）	不可 새 그것（✕）	不可 새 하나는（✕）
＋形容詞	可 새로운 차（○）	可 새로운 그것（○）	不可 새로운 하나（✕）

補充2　體言複數的使用：

（1）可數名詞與代名詞，要＋「들」。

例：①친구들이 학교에 갔어요.　　　朋友們去學校了。

　　②그들이 학교에 갔어요.　　　他們去學校了。

（2）質量名詞或處所等代名詞類，不可以加「들」。

例：①공기들이 맑아요.　　　（✕）空氣清新。

　　②여기들이 조용해요.　　　（✕）這裡安靜。

（3）可以在主語以外的成分當中加入「들」，表示複數之主語。

例：① 여기들 앉아라.　　　　　　　（你們/各位快）坐！

　　② 빨리 물들 가져오너라!　　　（你們/各位快）拿水來！

（4）可以在副詞與連結詞尾（語尾）後加入「들」，表示複數之主語。

例：① 어서들 오십시요.　　　　　　（大家快）請進。

　　② 앉아들 있어라!　　　　　　　（大家快）坐！

3.14.2. 用言（용언，predicate）

「用言」是指可以「活用」（활용/씨끝바꿈，conjugation）之言，其詞幹（語幹）部位可以與詞尾（語尾）連結，在句子當中擔任敘述主語的動作或狀態之語言單位。「用言」包含動詞、形容詞，說明如下。

3.14.2.1. 動詞（동사，verb）

「動詞」是指可以表現出人、事、物的動作或作用，其與詞尾（語尾）連結後，擔任各種敘述語的功能。依照韓語動詞的作用範圍，可以分為（1）自動詞、（2）他動詞、（3）使動詞、（4）被動詞。

（1）自動詞（자동사/제움직씨，intransitive verb）

解析：動作行為僅止於主語，不需要賓語（目的語）。

◆範◆例◆

앉다（坐）、눕다（躺）、서다（站）、나다（出現）、자라다（成長）……

備註 相當於漢語的「不及物動詞」。可再分為「完全自動」與「不完全自動」。完全自動不需要補語（가다/오다…），不完全自動則需要補語（변하다/삼다…）。

補充 所謂的「自動」是主體動作，指不需要賓語（目的語），主體本身即可以行使行為的動作。而「自動詞」又可以分為「完全自動」（不及物動詞）與「不完全自動」（不完全不及物動詞）2種。「完全自動」（不及物動詞）是指主體完全靠自己力量可以行使行為；「不完全自動」（不完全不及物動詞）是指雖然可以靠主體自己力量行使行為，但是仍需要有其他成分來加以補充才能使得意義完整。

範 例

（1）「完全自動」（不及物動詞）

①이랑이는 떠났다.　　　　俐良離開了。

②이랑이는 밤새 울었다.　　俐良哭了一整晚。

（2）「不完全自動」（不完全不及物動詞）

①우리는 부부가 아니다.　　我們不是夫妻。
　　　（補語）

②구름이 비가 되었다.　　　雲變成了雨。
　　　（補語）

　　「不完全自動詞」需要其他成分添加才能將意思表達完整，而那需要的成分便稱為「補語」。諸如「아니다」（不是）、「되다」（變成）、「변하다」（變），、「삼다」（當作）、「여기다」（認為）等動詞，都需要補語的添加。

（2）他動詞（타동사/남움직씨，transitive verb）

解析：動作行為影響至其他對象，需要賓語（目的語）。

 範例

내다（交出）、대다（碰觸）、매다（除（草））、치다（打/拍）……

備註 相當於漢語的「及物動詞」。可再分為「完全他動」與「不完全他動」。「完全他動」（가다/오다…）不需要補語或副詞語，「不完全他動」（변하다/삼다…）則需要補語。

補充 所謂「他動」，是指必須要有行為對象作為客體的動詞，相當於漢語的「及物動詞」。只不過在韓語當中，出現他動詞時候，客體（名詞類）後面則必須加上「-을/를」目的格助詞，作為賓語（目的語）使用。「他動」會依照句中主語，判斷是否以自身力量行使動作，類似於「能動詞」（능동사，intransitive）。

範例

（1）그는 밥을 먹는다.　　　　　他吃飯。
（2）그에게 꽃을 선물했다.　　　送花給他。
（3）이량을 천사로 삼았다.　　　把俐良當作天使。

　　如上述例句，他動詞出現時，除了需要最基本的對象、客體來做為賓語（目的語）之外，依照他動詞的屬性，亦會在句子內其他成分中添加其他語法單位、機能，像（1）句中就是添加主語「그는」，（2）是在授予對象＋受格助詞「에게」，（3）是加上補語「천사로」來顯示出他動詞在句中所有的機能。

（3）使動詞（사동사/하임움직씨，causative verb）

解析：主語無動作，而是讓某對象產生動作行為。

範例

먹이다（餵）、읽히다（使讀）、맡기다（交付）、녹이다（使融化）……

（4）被動詞（피동사/입음움직씨，passive verb）

解析：受到外力影響，進而產生動作行為。

範例

먹히다（被吃）、보이다（被看）、쫓기다（被追趕）……

補充 依照主體動作性質來分類的話，可分類為「主動VS使動」與「能動VS被動」等兩對立類。

먹이다(사동) ↔ (주동)먹다(능동) ↔ (피동)먹히다

使吃（使動） ↔ （主動）吃（能動） ↔ （被動）被吃

範例

（1）상철이 배를 먹었다. 　　　　　　徹吃了梨子。
（2）상철이 이량에게 배를 먹였다. 　　上徹餵俐良吃了梨子。
解析：（1）的「먹다」是主動詞，（2）的「먹이다」是使動詞。

（3）상철이 배를 먹었다. 　　　　　　上徹吃了梨子。
（4）배가 이량에게 먹혔다. 　　　　　梨子被俐良吃了。
解析：（3）的「먹다」是能動詞，（4）的「먹히다」是被動詞。

3.14.2.2. 形容詞（형용사，adjective）

　　「形容詞」是指表現出人、事、物的狀態或性質之語言單位。其與詞尾（語尾）連結後擔任敘述語的功能，也受到副詞語的修飾。依照韓語形容詞的作用範圍，可以分為（1）主觀性形容詞、（2）客觀形容詞。其中（1）主觀性形容詞還可以分為：（1-1）心理形容詞、（1-2）感覺形容詞、（1-3）判斷形容詞等3類。而（2）客觀形容詞尚可再細分為：（2-1）性質形容詞、（2-2）形狀形容詞、（2-3）存在形容詞、（2-4）比較形容詞、（2-5）數量形容詞、（2-6）指示形容詞等6類。

形容詞	分類	例
（1）主觀性形容詞	（1-1）心理形容詞	귀엽다（可愛的），부럽다（羨慕的），만족스럽다（滿意）……
	（1-2）感覺形容詞	간지럽다（癢的），따끔하다（刺痛的），아프다（痛）……
	（1-3）判斷形容詞	괜찮다（還好的），무방하다（無妨），소용없다（無用）……
（2）客觀性形容詞	（2-1）性質形容詞	달다（甜），시다（酸），쓰다（苦），맵다（辣）……
	（2-2）形狀形容詞	크다（大），작다（小），높다（高），낮다（低）……
	（2-3）存在形容詞	있다（有/在），없다（沒有/不在），계시다（有/在）
	（2-4）比較形容詞	같다（相同），다르다（不同），유사하다（類似）……
	（2-5）數量形容詞	적다（少），많다（多），작다（小），크다（大）……
	（2-6）指示形容詞	그러하다（那樣），이러하다（這樣），어떠하다（怎樣）……

3.14.3. 關係言（虛詞/助詞，관계언，postposition）

　　「關係言」是指「虛詞」（助詞）類。「虛詞」（助詞）依照現代韓語學者的詮釋，其不能獨自存於句子當中，它必須依附在「體言」之後，或者以「體言＋虛詞（助詞）＋虛詞（助詞）」的方式出現，它的功能在於表示出句子當中各成分之間的關係。依照「虛詞（助詞）」的功能，可分為：（1）格助詞（격조사，case-marking postpositional particle）、（2）接續助詞（접속조사，conjunctive postpositional particle）、（3）補助（助）詞（보조（조）사，auxiliary postpositional particle）等3類。說明如下：

助詞	功能細分	例（形態）	
（1）格助詞（在一個句子當中，讓先行體言具備有一定的資格之助詞）	（1-1）主格助詞	-이/가，-께서，-에서，-서	
	（1-2）目的格助詞	-을/를/ㄹ	
	（1-3）副詞格助詞	處所副詞格助詞	場　所：-에，-에서 時　間：-에 相　對：-에(게)，-한테，-께，-더러，-보고 出發點：-에서，-에게서，-한테서，-(으)로부터 指向點：-(으)로，-에게로，-한테로，-에
		道具副詞格助詞	-(으)로(써)
		資格副詞格助詞	-(으)로(서)
		原因副詞格助詞	-에，-(으)로
		比較副詞格助詞	-과/와，-처럼，-만큼，-보다，-하고

（1）格助詞 （在一個句子當中，讓先行體言具備有一定的資格之助詞）	（1-3） 副詞格助詞	一同副詞 格助詞	-과/와，-하고
		改變副詞 格助詞	-(으)로
		引用副詞 格助詞	-(으)라고，-고
	（1-4） 補格助詞	-이/가，-(으)로	
	（1-5） 冠形格助詞	-의	
	（1-6） 敘述格助詞	-이다	
	（1-7） 呼格助詞	-아，-야，-(이)여，-(이)시여	
（2）接續助詞 （將兩體言相連接起來，變成同一句子中的成分。）		-과/와，-하고，-(이)랑，-(이)나	
（3）補助（助）詞 （強調，前提，幫助說話時候的表現）		功能區分	形態
		對照 （主題）	-은/는
		同一	-도
		單一	-만
		極限 界線 添加	-까지 -마저 -조차

（3）補助（助）詞（強調，前提，幫助說話時候的表現）	出發點	-부터
	普遍	-마다
	必然、強調、感嘆	-(이)야
	最後選擇	-(이)나 -(이)나마
	感嘆（句助詞）	~그려， ~그래
	尊待（句助詞）	-요

3.14.4. 修飾言（수식언，modifier）

　　「修飾言」是指在句子當中，置於體言或用言之前，行使限定或者修飾之語言單位，但是它不能與「詞尾」（語尾）、「格助詞」連結使用。依照其修飾或限定的對象，可再分為：（1）冠形詞（관형사，determiner）（修飾體言）、（2）副詞（부사，adverb）（修飾用言）。其細部分類如下所示：

（1）冠形詞：（1-1）性狀冠形詞、（1-2）指示冠形詞、（1-3）數（量）冠形詞

細分＼對象	修飾對象範圍	例
（1-1）性狀冠形詞	表達人事物之性質狀態	새，헌，헛，참，못，옛…
（1-2）指示冠形詞	指出是為何種人事物	이，그，저，그런，다른，무슨，어떤
（1-3）數（量）冠形詞	表達人事物之量或數	한，두，세，열，첫째，몇，모든，여러

（2）副詞：（2-1）成分副詞、（2-2）句子（文章）副詞

細分 ＼ 對象		修飾對象範圍	例
（2-1）成分副詞	（1-1）性狀副詞	修飾句中詞彙、語節等成分	잘，빨리，천천히，딸랑딸랑
	（1-2）指示副詞	特定對象時間、場所等	그리，이미，내일…
	（1-3）否定副詞	否定用言之意	안，못
（2-2）句子（文章）副詞	（2-1）樣態副詞	話者態度意見之表達	반드시，제발，글쎄，아마…
	（2-2）接續副詞	連接詞彙與詞彙、句與句功能	또는，그리고，및，혹은…

補充 副詞的特徵

按照「學校文法」（現今指高中韓語文法教育）的記述，副詞依照在句子當中擔任的角色或成分，有以下幾點特色：

①副詞為不變語，無活用的詞尾（語尾）功能。

②可以接「補助詞」。

例：아직＋도

③可以修飾名詞。

例：학교 바로 옆이 우리집이다. （學校旁邊就是我家。）

④不接格助詞。

⑤可修飾副詞、冠形詞、體言。

例：1）매우 잘 달린다.　　很能跑。

　　2）아주 새 차다.　　非常新的車。

　　3）겨우 둘이다.　　才兩人。

⑥在句子當中，其位置較為自由。

⑦主要是作為「副詞語」使用，並且主要是用來修飾用言。

3.14.5. 獨立言（독립언，orthotone）

　　「獨立言」是一種單獨使用於句子外的語言單位，亦指「感嘆詞」（감탄사，interjection, exclamation），用來表示感動、驚訝、呼喊、應答等意思，但不與句子中所有語言單位成分有任何呼應或修飾的關係，且不受其他品詞修飾，亦不具修飾任何品詞的功能。獨立言依照其行使對象，可分為：（1）情感感嘆詞、（2）意志感嘆詞、（3）呼應感嘆詞等3類。

感嘆詞

感嘆詞	行使功能範圍	例
（1）情感感嘆詞	表達驚訝、快樂、悲傷之意	아，아차，아이고，에그，어머나…
（2）意志感嘆詞	表達個人意思或意志之意	에라，옳지，천만에，글쎄요，정말…
（3）呼應感嘆詞	表達呼喊、回答之意	여보세요，오냐，그래，예…

3.15 詞尾（語尾，어미/씨끝，ending）

　　韓語中的「語尾」（詞尾，어미/씨끝）又稱為「語末詞尾（語尾）」，是一種被置放在「用言詞幹」（語幹）後面的「屈折綴詞」（接詞）類。是指連結「用言詞幹」（語幹）活用（활용/씨끝바꿈，conjugation）的語言單位，以及敘述格助詞變化活用的語言單位。依照其功能，可分為：（1）終結詞尾（語尾）（종결어미/맺음끝）、（2）連結詞尾（語尾）（연결어미/이음끝）、（3）轉成詞尾（語尾）（전성어미）、（4）先語末詞尾（語尾）（선어말어미/안맺음씨끝）等4類。

語尾	行使功能範圍	性質		例
（1）終結詞尾（語尾）	將一句子之敘述語終結	平敘形		-는/ㄴ다，-스/ㅂ니다…
		疑問形		-(으)냐，-느냐，-는가…
		感嘆形		-는구나，-도다…
		命令形		-아/어/여라，-게…
		勸誘形		-자，-세，-읍/ㅂ시다…
（2）連結詞尾（語尾）	將一句子之用言連接於下一句	對等		-고，-(으)며，-(으)면서…
		從屬		-(으)니，-(으)니까…
		補助		-아/어/여，-게，-지…
（3）轉成詞尾（語尾）	改變用言的屬性，用來替代其他品詞的功能	名詞形		-음/ㅁ，-기
		副詞形（補助性質）		-게，-도록，-히
		冠形詞形		-는，-은/ㄴ，-을/ㄹ，-던
（4）先語末詞尾（語尾）	置於詞幹（語幹）與終結詞尾（語尾）之間，時制表、尊待、情態等	時制	現在	-느/ㄴ-
			過去	-았/었/였-
			未來/意志	-겠-，-(으)리-
			過去回想	-더-
			推測	-겠-
		尊待	主體	-(으)시-
			恭謙	-삽-，-(으)옵-，-사-，-오-，-사오-，-잡-，-자옵-，-지오-
		情態	與補助用言搭配	-아/아 놓다/보다，-기 시작하다…

3.16 不規則活用（불규칙활용/벗어난끝바꿈，irregular verbs.）

　　韓語的用言使用在實際對話的環境當中，會呈現變化形態。當用言在活用的時候，其詞幹（語幹）部分維持一定形態，而且詞尾（語尾）部分也按照一定規則呈現變化者，稱為「規則用言」。相反的，當用言在活用的時候，其詞幹（語幹）與詞尾（語尾）部分若不能按照一般規則變化者，則稱為「不規則用言」。

3.16.1. 「ㄹ」的不規則用法

　　「ㄹ」的不規則用法當中，大致上可分為2類，第1類是與部份母音的變化，第2類是與部分子音的變化。

（1）「ㄹ」＋母音

（1-1）「ㄹ」＋（으/을）

範例

詞彙 ＼ 詞尾（語尾）	-(으)면	-을/ㄹ까?
알다（V）知道	알＋으면　→ 알면	알＋을까　→ 알까?
놀다（V）（玩）	놀＋으면　→ 놀면	놀＋을까　→ 놀까?
팔다（V）（賣）	팔＋으면　→ 팔면	팔＋을까　→ 팔까?
만들다（V）（製造）	만들＋으면　→ 만들면	만들＋을까　→ 만들까?

（1-2）「ㄹ」＋（오）

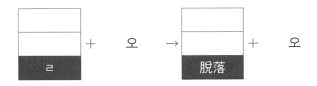

詞彙 ＼ 詞尾（語尾）	-(으)오
알다（V）知道	알＋으오 → 알＋오 → 아오
놀다（V）（玩）	놀＋으오 → 놀＋오 → 노오
팔다（V）（賣）	팔＋으오 → 팔＋오 → 파오
만들다（V）（製造）	만들＋으오 → 만들＋오 → 만드오

（2）「ㄹ」＋子音（ㄴ/ㅂ/ㅅ）

詞彙 ＼ 詞尾（語尾）	-습/ㅂ니다	-(으)세요	-는데
알다（V）知道	알＋습니다 → 아＋ㅂ니다 → 압니다	알＋으세요 → 알＋세요 → 아세요	알＋는데 → 아는데
놀다（V）（玩）	놀＋습니다 → 노＋ㅂ니다 → 놉니다	놀＋으세요 → 놀＋세요 → 노세요	놀＋는데 → 노는데

팔다（V） （賣）	팔＋습니다 → 파＋ㅂ니다 → 팝니다	팔＋으세요 → 팔＋세요 → 파세요	팔＋는데 → 파는데
만들다（V） （製造）	만들＋습니다 → 만드＋ㅂ니다 → 만듭니다	만들＋으세요 → 만들＋세요 → 만드세요	만들＋는데 → 만드는데

（2-1）「ㄹ」的脫落除了動詞的脫落規則之外，尚有名詞「ㄹ」的脫落。
此規則如下：

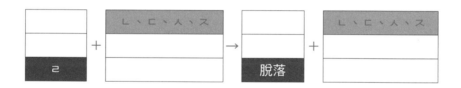

範 例

（1）나날이（天天）　　　　　　：날＋날＋이

（2）여닫이（開門）　　　　　　：열다＋닫다＋이 → 열＋닫＋이

（3）마소 （馬牛＝牛馬）　　　：말＋소

（4）차조 （糯粟）　　　　　　：찰＋조

3.16.2. 「으」的不規則用法

當語幹末音節為「으」的動詞或者形容詞，且後面接母音開始的連結詞尾（語尾）時，其「ㅡ」會脫落。

使用時，只要判斷該詞彙，應該與何種詞尾（語尾）或者助詞相配合、呼應即可。

- 아프다＋陽性母音開頭助詞
- 모으다＋陽性母音開頭助詞
- 고프다＋陽性母音開頭助詞
- 기쁘다＋陰性母音開頭助詞
- 슬프다＋陰性母音開頭助詞

⊙아프다＋아서 →　아프＋아서 →　아파서

⊙모으다＋아서 →　모ㅇ＋아서 →　모아서

⊙고프다＋아서 →　고프＋아서 →　고파서

⊙기쁘다＋어서 →　기쁘＋어서 →　기뻐서

⊙슬프다＋어서 →　슬프＋어서 →　슬퍼서

（母音判斷）　（「ㅡ」脫落）（最終形態）

範 例

詞尾（語尾） 詞彙	-아/어/여서	-아/어/여요	-았/었/였어요
끄다（V） （關）	끄＋어서 → ㄲ＋어서 → 꺼서	끄＋어요 → ㄲ＋어요 → 꺼요	끄＋었어요 → ㄲ＋었어요 → 껐어요

쓰다（V）（寫）	쓰+어서 → ㅆ+어서 → 써서	쓰+어요 → ㅆ+어요 → 써요	쓰+었어요 → ㅆ+었어요 → 썼어요
뜨다（V）（浮）	뜨+어서 → ㄸ+어서 → 떠서	뜨+어요 → ㄸ+어요 → 떠요	뜨+었어요 → ㄸ+었어요 → 떴어요
이쁘다（A）（漂亮）	이쁘+어서 → 이ㅃ+어서 → 이뻐서	이쁘+어요 → 이ㅃ+어요 → 이뻐요	이쁘+었어요 → 이ㅃ+었어요 → 이뻤어요
바쁘다（A）（忙）	바쁘+아서 → 바ㅃ+아서 → 바빠서	바쁘+아요 → 바ㅃ+아요 → 바빠	바쁘+았어요 → 바ㅃ+았어요 → 바빴어요
예쁘다（A）（美麗）	예쁘+어서 → 예ㅃ+어서 → 예뻐서	예쁘+어요 → 예ㅃ+어요 → 예뻐요	예쁘+었어요 → 예ㅃ+었어요 → 예뻤어요

3.16.3. 「르」的不規則用法

當語幹末音節為「으」的動詞或者形容詞，且後面接母

當詞幹（語幹）末音節為「르」的動詞或者形容詞，且後面接母音開始的連結詞尾（語尾）時（限定為「아/어」之詞尾（語尾）類），其「ㅡ」會脫落而留下「ㄹ」，此不規則用法可分為3個步驟來說明。

（1）判斷該詞彙，應該與何種詞尾（語尾）或者虛詞（助詞）相配合、呼應。

- 모르다＋陽性母音開頭詞尾（語尾）（＋아）

- 흐르다＋陰性母音開頭詞尾（語尾）（＋어）

- 들르다＋陰性母音開頭詞尾（語尾）（＋어）

（判斷方法：以「르」前面一個音節的母音為基準）

（2）「ㅡ」脫落

들르다＋陰性母音開頭助詞：

→ 들르＋어서~

→ 들ㄹ＋어서~

→ 들러서~

（3）「ㄹ」之添加

當「ㅡ」脫落之後，前面一個音節此時若是開音節（無尾音），則必須添加一個「ㄹ」。

· 모르다 ＋ 陽性母音開頭詞尾（語尾）（＋아）

· 흐르다 ＋ 陰性母音開頭詞尾（語尾）（＋어）

· 들르다 ＋ 陰性母音開頭詞尾（語尾）（＋어）

⊙모르＋아서 → 모ㄹ＋아서 → 몰르＋아서 → 몰라서

⊙흐르＋어서 → 흐ㄹ＋어서 → 흘르＋어서 → 흘러서

⊙들르＋어서 → 들ㄹ＋어서 → 無變化 → 들러서

（母音判斷）　（「ㅡ」脫落）（「ㄹ」添加）（最終形態）

補充　此用法有例外，「이르다/누르다/푸르다」等詞彙是與「러」搭配使用，並非歸類此規則中，但是現實語言生活中，仍然沿用舊例之不規則用法。

範 例

詞尾（語尾）＼詞彙	-아/어/여서	-아/어/여요	-았/었/였어요
고르다（V）（挑選）	고르＋아서 → 골ㄹ＋아서 → 골라서	고르＋아요 → 골ㄹ＋아요 → 골라요	고르＋았어요 → 골ㄹ＋었어요 → 골랐어요
구르다（V）（滾動）	구르＋어서 → 굴ㄹ＋어서 → 굴러서	구르＋어요 → 굴ㄹ＋어요 → 굴러요	구르＋었어요 → 굴ㄹ＋었어요 → 굴렀어요
마르다（A）（乾瘦）	마르＋아서 → 말ㄹ＋아서 → 말라서	마르＋아요 → 말ㄹ＋아요 → 말라요	마르＋았어요 → 말ㄹ＋았어요 → 말랐어요
빠르다（A）（快速）	빠르＋아서 → 빠ㄹ＋아서 → 빨라서	빠르＋아요 → 빨ㄹ＋아요 → 빨라요	빠르＋았어요 → 빨ㄹ＋았어요 → 빨랐어요
으르다（A）（威嚇）	으르＋어서 → 을ㄹ＋어서 → 을러서	으르＋어요 → 을ㄹ＋어요 → 을러요	으르＋었어요 → 을ㄹ＋었어요 → 을렀어요
두르다（V）（纏繞）	두르＋어서 → 둘ㄹ＋어서 → 둘러서	두르＋어요 → 둘ㄹ＋어요 → 둘러요	두르＋었어요 → 둘ㄹ＋었어요 → 둘렀어요

3.16.4. 「ㅂ」的不規則用法

當一部分詞幹（語幹）末音節為「ㅂ」的動詞或者形容詞，且其後面接續母音開頭的詞尾（語尾）時，其「ㅂ」會轉變成「우」。

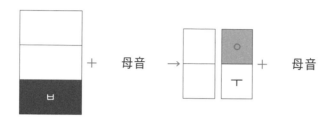

 範 例

詞尾（語尾） 詞彙	-아/어/여서 （不分陰陽性）	-(으)니까	-을/ㄹ 것 같다	V＋는데 A＋은데 A＋ㄴ데
쉽다（A） （容易）	쉽＋어서 → 쉬우＋어서 → 쉬워서	쉽＋으니까 → 쉬우＋니까 → 쉬우니까	쉽＋을 것 같다 → 쉬우＋ㄹ 것 같다 → 쉬울 것 같다	쉽＋은데 → 쉬우＋ㄴ데 → 쉬운데
밉다（A） （厭惡）	밉＋어서 → 미우＋어서 → 미워서	밉＋으니까 → 미우＋니까 → 미우니까	밉＋을 것 같다 → 미우＋ㄹ 것 같다 → 미울 것 같다	밉＋은데 → 미우＋ㄴ데 → 미운데
덥다（A） （熱）	덥＋어서 → 더우＋어서 → 더워서	덥＋으니까 → 더우＋니까 → 더우니까	덥＋을 것 같다 → 더우＋ㄹ 것 같다 → 더울 것 같다	덥＋은데 → 더우＋ㄴ데 → 더운데
굽다（V） （烤）	굽＋어서 → 구우＋어서 → 구워서	굽＋으니까 → 구우＋니까 → 구우니까	굽＋을 것 같다 → 구우＋ㄹ 것 같다 → 구울 것 같다	굽＋는데 → 굽＋는데 → 굽는데
가깝다（A） （近）	가깝＋어서 → 가까우＋어서 → 가까워서	가깝＋으니까 → 가까우＋니까 → 가까우니까	가깝＋을 것 같다 → 가까우＋ㄹ 것 같다 → 가까울 것 같다	가깝＋은데 → 가까우＋ㄴ데 → 가까운데

| 입다（V）
（穿） | 입＋어서
→ 입어서 | 입＋으니까
→ 입으니까 | 입＋을 것 같다
→ 입을 것 같다 | 입＋는데
→ 입는데 |

例外：現代韓語中，有2個詞彙為例外，分別是「돕다」（幫助）和「곱다」（美好）。此兩詞彙仍然適用母音調和規則，並且「ㅂ」＋「아/어/여」是轉變為「오」，但是其餘則與不規則用法相同。

範例

詞尾（語尾） 詞彙	-아/어/여서 （分陰陽性）	-(으)니까	-을/ㄹ 것 같다	V＋는데 A＋은데 A＋ㄴ데
돕다（V） （幫）	돕＋아서 → 도오＋아서 → 도와서	돕＋으니까 → 도우＋니까 → 도우니까	돕＋을 것 같다 → 도우＋ㄹ 것 같다 → 도울 것 같다	돕＋는데 → 돕＋는데 → 돕는데
곱（A） （美）	곱＋아서 → 고오＋아서 → 고와서	곱＋으니가 → 고우＋니까 → 고우니까	곱＋을 것 같다 → 고우＋ㄹ 것 같다 → 고울 것 같다	곱＋은데 → 고우＋ㄴ데 → 고운데

3.16.5.「ㄷ」的不規則用法

　　當一部分詞幹（語幹）末音節為「ㄷ」的動詞，在與母音為開頭的連結詞尾（語尾）相配合使用時，其「ㄷ」會轉變成「ㄹ」。

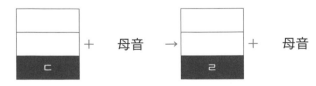

範 例

詞彙 ＼ 詞尾（語尾）	-아/어/여서	-(으)니까
걷다（Ｖ） （走路）	걷＋어서 → 걸＋아서 → 걸어서	걷＋으니까 → 걸＋으니까 → 걸으니까
묻다（Ｖ） （問）	묻＋어서 → 물＋어서 → 물어서	묻＋으니가 → 물＋으니까 → 물으니까
듣다（Ｖ） （聽）	듣＋어서 → 들＋어서 → 들어서	듣＋으니까 → 들＋으니까 → 들으니까
깨닫다（Ｖ） （領悟）	깨닫＋아서 → 깨달＋아서 → 깨달아서	깨닫＋으니까 → 깨달＋으니까 → 깨달으니까
걷다（Ｖ） （捲）	걷＋어서 → 걷어서	걷＋으니까 → 걷으니까
묻다（Ｖ） （埋、沾）	묻＋어서 → 묻어서	묻＋으니까 → 묻으니까

3.16.6. 「ㅎ」的不規則用法

　　當一部分詞幹（語幹）末音節為「ㅎ」的形容詞，在與某部分母音為開頭的連結詞尾（語尾）相配合使用時，其「ㅎ」會脫落。而與某部分母音為開頭的連結詞尾（語尾）相配合使用時，其「ㅎ」脫落之後再添加一個「이」的音節。

（1）「ㅎ」＋某部分母音（으，을）→ ㅎ脫落

範 例

詞尾（語尾） 詞彙	-(으)면	-(A)은데/ㄴ데	-을/ㄹ~
그렇다（A） （那樣）	그렇＋으면 → 그러＋면 → 그러면	그렇＋은데 → 그러＋ㄴ데 → 그런데	그렇＋을~ → 그러＋ㄹ~ → 그럴~
노랗다（A） （黃）	노랗＋으면 → 노라＋면 → 노라면	노랗＋은데 → 노라＋ㄴ데 → 노란데	노랗＋을~ → 노라＋ㄹ~ → 노랄~
동그랗다（A） （圓）	동그랗＋으면 → 동그라＋면 → 동그라면	동그랗＋은데 → 동그라＋ㄴ데 → 동그란데	팔동그랗＋을~ → 동그라＋ㄹ~ → 동그랄~
하얗다（A） （白）	하얗＋으면 → 하야＋면 → 하야면	하얗＋은데 → 하야＋ㄴ데 → 하얀데	하얗＋을~ → 하야＋ㄹ~ → 하얄~

（2）「ㅎ」＋某部分母音（아/어）→ 脫落＋添加「이」之音節

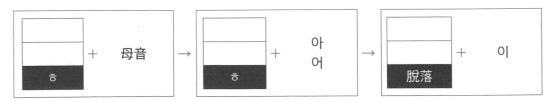

詞彙 ＼ 詞尾（語尾）	-아/어/여서	-아/어/여야
그렇다（A） （那樣）	그렇＋어서 → 그러＋이＋어서 → 그래＋어서 → 그래서	그렇＋어야 → 그러＋이＋어야 → 그래＋어야 → 그래야
노랗다（A） （黃）	노랗＋아서 → 노라＋이＋어서 → 노래＋어서 → 노래서	노랗＋아야 → 노라＋이＋어야 → 노래＋어야 → 노래야
동그랗다（A） （圓）	동그랗＋아서 → 동그라＋이＋어서 → 동그래＋어서 → 동그래서	동그랗＋아야 → 동그라＋이＋어야 → 동그래＋어야 → 동그래야
하얗다（A） （白）	하얗＋아서 → 하야＋이＋어서 → 하얘＋어서 → 하얘서	하얗＋아야 → 하야＋이＋어야 → 하얘＋어야 → 하얘야

3.16.7. 「ㅅ」的不規則用法

　　當一部分詞幹（語幹）末音節為「ㅅ」的動詞或者形容詞，在與母音為開頭的連結詞尾（語尾）相配合使用時，其「ㅅ」會脫落。

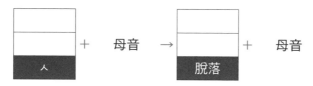

範例

詞尾（語尾）＼詞彙	-(으)면	-아/어/여서	-(V)는데 -(A)은데/ㄴ데	+는/은（冠形詞化用法）	
붓다（V）（腫）	붓+으면 → 부+으면 → 부으면	붓+어서 → 부+어서 → 부어서 （不可再合併）	붓+는데 → 붓는데	붓+는 →붓는 （現在）	붓+은 →부은 （過去）
잇다（V）（連）	잇+으면 → 이+으면 → 이으면	잇+어서 → 이+어서 → 이어서 （不可再合併）	잇+는데 → 잇는데	잇+는 → 잇는	
긋다（V）（劃）	긋+으면 → 그+으면 → 그으면	긋+어서 →그+어서 → 그어서 （不可再合併）	긋+는데 → 긋는데	긋+는 → 긋는	
낫다（A）（痊癒）	낫+으면 → 나+으면 → 나으면	낫+아서 → 나+아서 → 나아서 （不可再合併）	낫+은데 → 나+은데~ → 나은데~	낫+은 → 나은	

補充　尾音為「ㅅ」的形容詞當中，只有「낫다」的「ㅅ」會脫落，其他無此現象。

3.16.8. 「여」的不規則用法

「-하다」類詞彙專用的連接詞尾（語尾）。

詞尾（語尾） 詞彙	-아/어/여서	-았/었/였어요
사랑하다（Ｖ） （愛）	사랑하＋여서 → 사랑해서	사랑하＋였어요 → 사랑했어요
미안하다（Ａ） （抱歉）	미안하＋여서 → 미안해서	미안하＋였어요 → 미안했어요
반성하다（Ｖ） （反省）	반성하＋여서 → 반성해서	반성하＋였어요 → 반성했어요
복습하다（Ｖ） （複習）	복습하＋여서 → 복습해서	복습하＋였어요 → 복습했어요

3.16.9. 「러」的不規則用法

「러」的變化，是適用於「이르다」（到達（Ｖ））、「푸르다」（藍（Ａ））、「누르다」（黃（Ａ））、「노르다」（黃（Ａ））等類的詞彙。

詞尾（語尾） 詞彙	-아/어/여서	-았/었/였어요
이르다（Ｖ） （到達）	이르＋어서 → 이르＋러＋서 → 이르러서	이르＋었어요 → 이르＋러＋었어요 → 이르렀어요

푸르다（A） （藍）	푸르＋어서 → 푸르＋러＋서 → 푸르러서	푸르＋었어요 → 푸르＋러＋었어요 → 푸르렀어요
누르다（A） （黃）	누르＋어서 → 누르＋러＋서 → 누르러서	누르＋었어요 → 누르＋러＋었어요 → 누르렀어요
노르다（A） （黃）	노르＋어서 → 노르＋러＋서 → 노르러서	노르＋었어요 → 노르＋러＋었어요 → 노르렀어요

補充　（1）이르다（到達）（V）是屬於「러」的不規則

（2）이르다（告訴）（V）是屬於「르」的不規則

（3）이르다（快的）（A）是屬於「르」的不規則

3.16.10. 「너라」的不規則用法

「-너라」的變化，是專屬於「오다」接續在後的命令形態。

詞尾（語尾） 詞彙	-너라
오다（V） （來）	오＋너라 → 오너라!
찾아오다（V） （來訪）	찾아오＋너라 → 찾아오너라!
나오다（V） （出來）	나오＋너라 → 나오너라!

가져오다（V） （帶來）	가져오＋너라 → 가져오너라!

3.16.11. 「거라」的不規則用法

「거라」的變化，是專屬於「가다與部分其他動詞」接續在後的命令形態。

詞尾（語尾） 詞彙	-거라
가다（V） （去）	가＋거라 → 가거라!
찾아가다（V） （尋去）	찾아가＋거라 → 찾아가거라!
읽다（V） （讀）	읽＋거라 → 읽거라!
자다（V） （睡）	자＋거라 → 자거라!
일어나다（V） （起床）	일어나＋거라 → 일어나거라!
서다（V） （站）	서＋거라 → 서거라!
앉다（V） （坐）	앉＋거라 → 앉거라!

補充　這是較為過去老年人使用之語尾用法，現在甚少使用。

3.16.12. 「우」的不規則用法

「우」的變化是專屬於「푸다」的用法，目前只有這個詞彙有此變化。

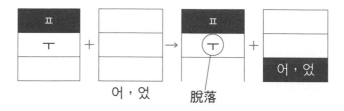

詞尾（語尾） 詞彙	-아/어/여서	-았/었/였어요
푸다（V） （盛）	푸＋어서 → ㅍ＋어서 → 퍼서	푸＋었어요 → ㅍ＋었어요 → 펐어요

3.16.13. 不規則活用解說總整理

　　韓語用言（A/V）的不規則活用，雖然稱之為「不規則」，但是實際上這些用言們，只是依照他們自己部分的規則來進行變化，與大部分的同系列詞彙們一樣，各有自己一套的變化規則而已。在這裡特別整理出韓語不規則的變化當中，有一項值得注意的地方，也就是這些不規則用言當中存在著「進行幾次變化」的現象。如果把「用言詞（語）幹」假設為A，連接語幹的「詞尾（語尾）們」假設為B，那麼當A與B結合的時候，A若變化就算作1次，緊接著B若再變化一次則算作2次。

（1）

單字	→	詞幹 （語幹）	+	詞尾 （語尾）	→	變1次	變1次		
		A		B		A	B		
멀다	→	멀	+	습니다	→	머 + ㅂ니다		→	멉니다

（2）

單字	→	詞幹 （語幹）	+	詞尾 （語尾）	→	變1次	變1次					
		A		B		B	A					
멀다	→	멀	+	으세요	→	멀 + 세요	→	머	+	세요	→	머세요

（3）

單字	→	詞幹 （語幹）	+	詞尾 （語尾）	→	變1次			
		A		B		A			
걷다	→	걷	+	으세요		걸 + 으세요	→	걸으세요	

（4）

單字	→	詞幹 （語幹）	+	詞尾 （語尾）	→	變1次			
		A		B		A			
붓다	→	붓	+	어서		부 + 어서	→	부어서	

　　如上圖所示，不規則用言如果是（1）或（2）的情形，詞幹（語幹）與詞尾（語尾）共進行2次變化，只不過是順序不同罷了。如果是（3）的情況，則很明顯地只進行了1次變化。也就是說，不規則用言活用當中，最多進行兩2次、最少1次的變化。再簡單做結論的話，韓語不規則用言活用當中，除了「ㄷ」與「ㅅ」不規則活用只適用於一次變化之外，其餘皆是2次。

3.16.14. 不規則與規則用言活用表

• 不規則與規則用言活用表

A/V	불규칙동사	-ㅂ(습니다)	-는/(으)ㄴ/(으)ㄹ	-(으)니까	-(으)면	-어/아/여서	-(으)십시오
가늘다	ㄹ(불)	가늡니다	가는	가느니까	가늘면	가늘어서	-
가르다	르(불)	가릅니까	가르는	가르니까	가르면	갈라서	가르십시오
가볍다	ㅂ(불)	가볍습니다	가벼운	가벼우니까	가벼우면	가벼워서	-
거르다	르(불)	가릅니다	거르는	거르니까	거르면	걸러서	거르십시오
걷다	ㄷ(불)	걷습니다	걸었습니다	걸으니까	걸으면	걸어서	걸으십시오
고르다	르(불)	고릅니다	고르는	고르니까	고르면	골라서	고르십시오
고맙다	ㅂ(불)	고맙습니다	고마운	고마우니까	고마우면	고마워서	-
고프다	으(불)	고픕니다	고픈	고프니까	고프면	고파서	-
곱다	ㅂ(불)	곱습니다	고운	고우니까	고우면	고와서	-
굽다	ㅂ(불)	굽습니다	구운	구우니까	구우면	구워서	구우십시오
그렇다	ㅎ(불)	그렇습니다	그런	그러니까	그러면	그래서	그러십시오
긋다	ㅅ(불)	긋습니다	긋는	그으니까	그으면	그어서	그으십시오
긷다	ㄷ(불)	긷습니다	긷는	길으니까	길으면	길어서	길으십시요
까맣다	ㅎ(불)	까맣습니다	까만	까마니까	까마면	까매서	-
깨닫다	ㄷ(불)	깨닫습니다	깨닫는	깨달으니까	깨달으면	깨달아서	깨달으십시오
나르다	르(불)	나릅니다	나르는	나르니까	나르면	날라서	나르십시오

낫다	ㅅ(불)	낫습니다	나은	나으니까	나으면	나아서	-
노랗다	ㅎ(불)	노랗습니다	노란	노라니까	노라면	노래서	-
놀다	ㄹ(불)	놉니다	노는	노니까	놀면	놀아서	노십시오
눕다	ㅂ(불)	눕습니다	눕는	누우니까	누우면	누워서	누우십시오
다르다	르(불)	다릅니다	다른	다르니까	다르면	달라서	-
달다 (사탕)	ㄹ(불)	답니다	단	다니까	달면	달아서	-
덥다	ㅂ(불)	덥습니다	더운	더우니까	더우면	더워서	-
돕다	ㅂ(불)	돕습니다	돕는	도우니까	도우면	도와서	도우십시오
듣다	ㄷ(불)	듣습니다	듣는	들으니까	들으면	들어서	들으십시오
들르다	르(불)	들릅니다	들르는	들르니까	들르면	들러서	들르십시오
마르다	르(불)	마릅니다	마르는	마르니까	마르면	말라서	-
말다	ㄹ(불)	맙니다	-	-	-	-	마십시오
맵다	ㅂ(불)	맵습니다	매운	매우니까	매우면	매워서	-
멀다	ㄹ(불)	멉니다	먼	머니까	멀면	멀어서	-
모르다	ㄹ(불)	모릅니다	모르는	모르니까	모르면	몰라서	-
무겁다	ㅂ(불)	무겁습니다	무거운	무거우니까	무거우면	무거워서	-
무르다	르(불)	무릅니다	무른	무르니까	무르면	물러서	-
묻다 (질문)	ㄷ(불)	묻습니다	묻는	물으니까	물으면	물어서	물으십시오
밀다	ㄹ(불)	밉니다	미는	미니까	밀면	밀어서	미십시오
밉다	ㅂ(불)	밉습니다	미운	미우니까	미우면	미워서	-

바르다	르(불)	바릅니다	바르는	바르니까	바르면	발라서	바르십시오
바쁘다	으(불)	바쁩니다	바쁜	바쁘니까	바쁘면	바빠서	-
반갑다	ㅂ(불)	반갑습니다	반가운	반가우니까	반가우면	반가와서	-
벗다	ㅅ(불)	벗습니다	벗는	벗으니까	벗으면	벗어서	벗으십시오
부르다	르(불)	부릅니다	부르는	부르니까	부르면	불러서	부르십시오
불다	ㄹ(불)	봅니다	부는	부니까	불면	불어서	부십시오
불사르다	르(불)	불사릅니다	불사르는	불사르니까	불사르면	불살라서	불사르십시오
붓다	ㅅ(불)	붓습니다	부은	부으니까	부으면	부어서	부으십시오
빠르다	르(불)	빠릅니다	빠른	빠르니까	빠르면	빨라서	-
빨갛다	ㅎ(불)	빨갛습니다	빨간	빨가니까	빨가면	빨개서	-
살다	르(불)	삽니다	사는	사니까	살면	살아서	사십시오
서투르다	르(불)	서투릅니다	서투른	서투르니까	서투르면	서툴러서	-
쉽다	ㅂ(불)	쉽니다	쉬운	쉬우니까	쉬우면	쉬워서	-
슬프다	으(불)	슬픕니다	슬픈	슬프니까	슬프면	슬퍼서	-
싣다	ㄷ(불)	싣습니다	싣는	실으니까	실으면	실어서	실으십시오
쓰다	으(불)	씁니다	쓴	쓰니까	쓰면	써서	-
아름답다	ㅂ(불)	아름답습니다	아름다운	아름다우니까	아름다우면	아름다워서	-
아프다	으(불)	아픕니다	아픈	아프니까	아프면	아파서	-
알다	ㄹ(불)	압니다	아는	아니까	알면	알아서	아십시오
어떻다	ㅎ(불)	어떻습니다	어떤	어떠니까	어떠면	어때서	-

어렵다	ㅂ(불)	어렵습니다	어려운	어려우니까	어려우면	어려워서	-
예쁘다	으(불)	예쁩니다	예쁜	예쁘니까	예쁘면	예뻐서	-
오르다	르(불)	오릅니다	오르는	오르니까	오르면	올라서	오르십시오
이렇다	ㅎ(불)	이렇습니다	이런	이러니까	이러면	이래서	-
이르다 (아뢰다)	르(불)	이릅니다	이르는	이르니까	이르면	일러서	이르십시오
이르다 (일찍)	르(불)	이릅니다	이른	이르니까	이르면	일러서	-
이르다 (도착)	르(불)	이릅니다	이르는	이르니까	이르면	이르러서	이르십시오
자르다	ㄹ(불)	자릅니다	자르는	자르니까	자르면	잘라서	자르십시오
저렇다	ㅎ(불)	저렇습니다	저런	저러니까	저러면	저래서	-
절다	ㄹ(불)	접니다	저는	저니까	절면	절어서	저십시오
젓다	ㅅ(불)	젓습니다	젓는	저으니까	저으면	저어서	저으십시오
조르다	ㄹ(불)	조릅니다	조르는	조르니까	조르면	졸라서	조르십시오
졸다	ㄹ(불)	좁니다	조는	조니까	졸면	졸아서	조십시오
줍다	ㅂ(불)	줍습니다	줍는	주우니까	주우면	주워서	주으십시오
지르다	ㄹ(불)	지릅니다	지르는	지르니까	지르면	질러서	지르십시오
짓다	ㅅ(불)	짓습니다	짓는	지으니까	지으면	지어서	지으십시오
치르다	으(불)	치릅니다	치르는	치르니까	치르면	치러서	치르십시오
춥다	ㅂ(불)	춥습니다	추운	추우니까	추우면	추워서	-
크다	으(불)	큽니다	큰	크니까	크면	커서	-
파랗다	ㅎ(불)	파랗습니다	파란	파라니까	파라면	파래서	-

하얗다	ㅎ(불)	하얗습니다	하얀	하야니까	하야면	하얘서	-
굳다	ㄷ(규)	굳습니다	굳는	굳으니까	굳으면	굳어서	구우십시오
낳다	ㅎ(규)	낳습니다	낳은	낳으니까	낳으면	낳아서	낳으십시오
넓다	ㅂ(규)	넓습니다	넓은	넓으니까	넓으면	넓어서	-
놓다	ㅎ(규)	놓습니다	놓는	놓으니까	놓으면	놓아서	놓으십시오
닫다	ㄷ(규)	닫습니다	닫는	닫으니까	닫으면	닫아서	닫으십시오
돋다	ㄷ(규)	돋습니다	돋는	돋으니까	돋으면	돋아서	-
묻다 (땅에)	ㄷ(규)	묻습니다	묻는	묻으니까	묻으면	묻어서	묻으십시오
믿다	ㄷ(규)	믿습니다	믿는	믿으니까	믿으면	믿어서	믿으십시오
받다	ㄷ(규)	받습니다	받는	받으니까	받으면	받아서	받으십시오
빗다	ㅅ(규)	빗습니다	빗는	빗으니까	빗으면	빗어서	빗으십시오
빻다	ㅎ(규)	빻습니다	빻는	빻으니까	빻으면	빻아서	빻으십시오
빼앗다	ㅅ(규)	빼앗습니다	빼앗는	빼앗으니까	빼앗으면	빼앗아서	빼앗으십시오
뽑다	ㅂ(규)	뽑습니다	뽑는	뽑으니까	뽑으면	뽑아서	뽑으십시오
솟다	ㅅ(규)	솟습니다	솟는	솟으니까	솟으면	솟아서	솟으십시오
쏟다	ㄷ(규)	쏟습니다	쏟는	쏟으니까	쏟으면	쏟아서	쏟으십시오
씹다	ㅂ(규)	씹습니다	씹는	씹으니까	씹으면	씹어서	씹으십시오
씻다	ㅅ(규)	씻습니다	씻는	씻으니까	씻으면	씻어서	씻으십시오
얻다	ㄷ(규)	얻습니다	얻는	얻으니까	얻으면	얻어서	얻으십시오
업다	ㅂ(규)	업습니다	업는	업으니까	업으면	업어서	업으십시오

웃다	ㅅ(규)	웃습니다	웃는	웃으니까	웃으면	웃어서	웃으십시오
읊다	ㄹ(규)	읊습니다	읊는	읊으니까	읊으면	읊어서	읊으십시오
입다	ㅂ(규)	입습니다	입는	입으니까	입으면	입어서	입으십시오
잡다	ㅂ(규)	잡습니다	잡는	잡으니까	잡으면	잡아서	집으십시오
접다	ㅂ(규)	접습니다	접는	접으니까	접으면	접어서	접으십시오
좁다	ㅂ(규)	좁습니다	좁은	좁으니까	좁으면	좁아서	-
좋다	ㅎ(규)	좋습니다	좋은	좋으니까	좋으면	좋아서	-
집다	ㅂ(규)	집습니다	집는	집으니까	집으면	집어서	집으십시오

3.17 冠形詞形化

　　所謂的「冠形詞形化」（冠形化），簡單來說，就是把某個詞彙（用言類）變成「冠形詞」的過程。「冠形詞」用來修飾體言類，而非冠形詞的詞彙（用言）若要用來修飾體言，勢必要先改變其詞彙（用言）之形態，使其具備冠形詞的功能。再簡單來說，就是把「動詞或形容詞改成冠形詞」之意。這一點與漢語的功能相同，說明如下：

範 例

（1）形容詞：熱 →＋的（冠形詞化）→ 熱的 （天氣/湯麵/飲食……）

（2）動 詞： 跑 →＋的（冠形詞化）→ 跑的 （學生/終點/迴路……）

　　從上述（1）與（2）的例句中可以得知，漢語的形容詞與動詞欲改變為冠形詞來修飾後面的名詞的時候，都必須適當加入「－的－」的語言單位。而韓語也是類似的改變方式，只不過韓語比漢語稍微多了些因素的添加，那就是必須考慮到「時制」的問題，也就是「現在、過去、未來、回想」等4個時間點問題。

詞彙	時制添加	冠形詞形化	修飾	例句
N	現在	＋이＋ㄴ(인)	N	학생인 그녀 （身為學生的她）
N	過去＋回想	＋이었던/였던	N	바보였던 나 （傻瓜的我） 학생이었던 그녀 （曾經是學生的她）

N	過去＋完成＋回想	＋이었었던/였었던	N	친구였었던 우리 （曾經是朋友的我們） 학생이었었던 그녀 （曾經是學生的她）
A	現在	＋은/ㄴ	N	넓은 바다 （寬廣大海） 예쁜 치마 （漂亮裙子）
A	回想	＋던	N	예쁘던 그녀 （漂亮的她） 착하던 아이 （善良的孩子）
A	過去＋回想	＋았/었/였던	N	예뻤던 그녀 （曾經漂亮的她） 착했던 아이 （曾經善良的孩子）
A	過去＋完成＋回想	＋았/었/였/었던	N	예뻤었던 그녀 （曾經漂亮的她） 착했었던 아이 （曾經善良的孩子）
V	現在	＋는	N	가는 사람 （去的人） 먹는 사람 （吃的人）
V	回想	＋던	N	가던 사람 （去的人） 먹던 사람 （吃的人）
V	過去	＋은/ㄴ	N	간 사람 （去了的人） 먹은 사람 （吃了的人）
V	過去＋回想	＋았/었/였던	N	갔던 사람 （曾經去過的人） 먹었던 사람 （曾經吃過了的人）

V	過去＋完成＋回想	＋았/었/였＋었던	N	갔었던 사람 （已經去過了的人） 먹었었던 사람 （已經吃過了的人）
V	未來	＋을/ㄹ	N	갈 사람 （將要去的人） 먹을 사람 （將要吃的人）

3.18 副詞化

　　所謂的「副詞化」，簡單來說，就是將原本並非副詞的詞彙，依照語言使用上的需要，而將其改變為副詞，這過程便稱為「副詞化」。副詞化最簡單的呈現方式，就是「詞根（語根）＋副詞形詞尾（語尾）」。如前章敘述過，韓語修飾言當中的「副詞」，其內容有一部分是以「固有語副詞」為主，也就是創字以來便有的副詞形態，並非經過改變形態而成。但是亦有一部分是原有詞彙之詞根（語根），再添加上其他詞（語）尾類，而再次形成固定的副詞。

範例

（1）固有語副詞：아주（相當），매우（非常），잘（很），너무（太）……
（2）詞根（語根）添加固定副詞：가까이（很近地），조용히（安靜地），멀리（遙遠地）……

　　上述中（1）的副詞，是原本沒有經過改變形態便有的固有語副詞，而（2）中的副詞，則是在「가까(가깝)-」、「조용-」、「멀-」等詞彙之詞根（語根）後，加上衍生詞（派生語）尾「-이、-히、-리」，且在形成後便固定使用的詞根（語根），此後便成為固定添加於詞根後的固定副詞。本節當中，將介紹的是（2）詞根（語根）添加固定副詞（副詞化）的種類以及其形成的方式。

◆詞根（語根）添加固定副詞

① 詞根（語根）＋ 다 → 詞根（語根）＋ 이

範例

（1）깊다（深）→ 깊 + 이 → 깊이

（2）많다（多）→ 많 + 이 → 많이

（3）같다（同）→ 같 + 이 → 같이

　　如上述（1）～（3），原本是詞根（語根）與「-다」共構後形成的詞彙類，而這類的詞彙在副詞化的過程中，是脫落「다」後所剩下的詞根（語根）再與「-이」結合而成。

② 詞根（語根）＋ 하다 → 詞根（語根）＋ 히

範例

（1）가득하다（滿滿）→ 가득 + 히 → 가득히

（2）간단하다（簡單）→ 간단 + 히 → 간단히

（3）대단하다（非凡）→ 대단 + 히 → 대단히

　　如上述（1）～（3），原本是詞根（語根）與「하다」共構後形成的詞彙類，而這類的詞彙在副詞化的過程中，是脫落「하다」後所剩下的詞根（語根）再與「-히」結合而成。

③ 詞根（語根）帶有「ㅅ」＋ 하다 → 詞根（語根）＋ 이

範例

（1）따뜻하다（溫暖）→ 따뜻 + 이 → 따뜻이

（2）버젓하다（堂堂）→ 버젓 + 이 → 버젓이

（3）오롯하다（寂靜）→ 오롯 + 이 → 오롯이

如上述（1）～（3），原本是詞根（語根）與「하다」共構後形成的詞彙類，而這類的詞彙雖然是與「하다」所共構而成的詞彙，但是因為這些詞彙的語根內含有「-ㅅ」，所以在副詞化的過程中，是脫落「하다」後所剩下的詞根（語根）再與「-이」結合而成。

④ | 詞根（語根）帶有「ㄹ/르」 | + | 다 | → | 詞根（語根）帶有「ㄹ」 | + | 리 |

範例

（1）멀다　　　（遠）→ 멀　+ 리 → 멀리
（2）빠르다　　（快）→ 빨　+ 리 → 빨리
（3）다르다　　（異）→ 달　+ 리 → 달리
（4）배부르다（飽）→ 배불 + 리 → 배불리

　　如上述（1），原本是詞根（語根）帶有「-ㄹ」與「-다」共構後形成的詞彙類，而這類的詞彙，雖然是與「-다」所共構而成的詞彙，但是因為這些詞彙的詞根（語根）內含有「-ㄹ」，所以在副詞化的過程中，是脫落「-다」後，所剩下的詞根（語根）再與「-리」結合而成。而（2）、（3）、（4）的詞彙之詞根（語根）當中都帶有「-르」，所以在副詞化的過程中，是脫落「-르」後所剩下的詞根（語根），先與「-ㄹ」結合後，再與「-리」結合而成。

⑤ | 詞根（語根） | + | 하다/다 | → | 語幹 | + | 게 |

範例

（1）뾰쪽하다（尖銳）→ 뾰쪽하 + 게 → 뾰쪽하게
（2）시원하다（暢快）→ 시원하 + 게 → 시원하게
（3）가볍다　（輕便）→ 가볍　+ 게 → 가볍게
（4）다르다　（相異）→ 다르　+ 게 → 다르게

如上述（1）～（4）的例子，是一般韓語詞彙轉變為副詞時最常使用的方式，不管原先詞彙的詞根（語根）是與「하다」或者是與「-다」共構，都可以與「-게」共構後形成副詞，這是因為銜接「-이，-히，-리」後所形成之副詞，其修飾範圍可以是詞彙甚至是整個句子，譬如，「안녕히 가세요.」是副詞「안녕히」修飾「가세요」，而「무사히 검문을 통과했어요.」則是副詞「무사히」修飾「검문을 통과했어요.」。也就是說，「-이，-히，-리」的使用在句法意義上需要許多的斟酌與限制，而「-게」是單純地直接限定、修飾後面所接之用言，所以其搭配使用之詞彙範圍便較為廣闊。

⑥ 詞根（語根） ＋ 하다/다 → 語幹 ＋ 게끔/도록

（1）공부하다（學習）→ 공부하 ＋ 도록 → 공부하도록
（2）자다　　　（睡覺）→ 자　　 ＋ 게끔 → 자게끔

如上述（1）～（2）的例子，原本是詞根（語根）與「하다」或者是「-다」共構後所形成的詞彙類，而這類的詞彙雖然是與「-도록-」或者是「-게끔」所共構而成的副詞，但是這類副詞化後的副詞，基本上是用在「使動」的構造功能上，句法意義上是為副詞，所以必須與其他文法搭配使用，與原來單純修飾用言的立意不同。也就是說，這是副詞化的一種，但是修飾的對象與目的，與前面幾項敘述的副詞化完全不同。

3.19 造詞法（造語法，조어법，word formation）

　　所謂的「造詞法」（造語法），是指詞彙的結構。韓語詞彙的結構大致上可以分為2類，分別是（1）單純結構，以及（2）複合結構。以下分項說明。：

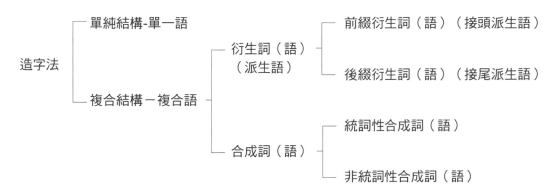

3.19.1. 單純結構（單一語，단일어，simple word）

　　所謂的「單純結構」，是指以「單一詞根（語根）」所構成的詞彙。

範例

（1）몸（N）身體，손（N）手，산（N）山，물（N）水，발（N）腳……

（2）바람（N）風，나무（N）樹，나비（N）蝴蝶，춥다（A）冷，먹다（V）吃……

（3）개나리（N）迎春花，진달래（N）杜鵑花，노르다（A）黃色，내리다（V）下……

　　如上述（1）的詞彙是「單一音節、單一詞根（語根）」的名詞，（2）的詞彙是「二音節、單一詞根（語根）」的名詞、形容詞、動詞，（3）的詞彙是「三音節、單一詞根（語根）」的名詞。（1）～（3）的詞彙，都是以一個詞根（語根）所構成的詞彙，故亦稱之為「單一語」。

3.19.2. 複合結構（複合語，복합어，complex word）

所謂「複合結構」，是指以「2個（含）以上詞根（語根）」或「1個（含）以上詞根（語根）＋派生詞」或「派生詞＋1個（含）以上詞根（語根）」所構成的詞彙。

範例

（1）군밤（炒栗子）（N），맨손（空手）（N），높이（高高地）（ADV）……

（2）군소리（空話）（N），오가다（來去）（V），정답다（情深）（A），첫사랑（初戀）（N）……

（3）날아가다（飛走）（V），주고받다（接受）（V），내려가다（下去）（V）……

（4）오르내리다（上下）（V），익살스럽다（狡猾）（A），만들어지다（被製訂）（V）……

如上述，（1）的詞彙是「二音節、二詞根（語根）；一個詞根（語根）＋衍生綴詞（派生接詞）」的名詞、副詞。（2）的詞彙是「三音節、二詞根（語根）；三音節、二詞根（語根）；一個詞根（語根）＋衍生綴詞（派生接詞）；衍生綴詞（派生接詞）＋一個詞根（語根）」的名詞、動詞、形容詞、名詞。（3）的詞彙是「四音節、二詞根（語根）」的動詞。（4）的詞彙是「五音節、二詞根（語根）；一個詞根（語根）＋衍生綴詞（派生接詞）；一個詞根（語根）＋補助用言」的動詞、形容詞、動詞。

以上所有例句中的詞彙，基本上都是由2個或2個以上的語言單位所構成，故又稱之為「複合詞（複合語）」。然而，韓語的複合詞（複合語），依照其構成的性質來分類的話，可分為「衍生詞（派生語）」以及「合成詞

154

（合成語）」，而「衍生詞（派生語）」又可再分為「前綴衍生詞（接頭派生語）」與「後綴衍生詞（接尾派生語）」。

3.19.2.1. 衍生詞（派生語，파생어，derived word）

所謂的「衍生詞（或稱派生語）」，是指「一個詞根（語根）與一個衍生綴詞（派生接詞）」所構成的詞彙，依照衍生綴詞（派生接詞）在詞根（語根）的前或後的位置，可分成「前綴衍生詞」（接頭派生語）或「後綴衍生詞」（接尾派生語）。

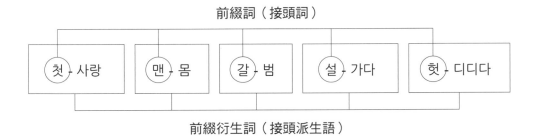

3.19.2.2. 合成詞（合成語，합성어，compound word））

韓語中所謂的「合成詞/合成語」，是指「2個（含）以上詞根/語根/實質詞素（形態素）」所構成的詞彙，按照韓語合成語的組成規則，大致可分為「統辭性合成詞（語）」與「非統辭性合成詞（語）」。以下分項說明：

（1）統辭性合成詞（語）

　　所謂的「統辭性合成詞（語）」，是指2個（含）以上的詞根/語根/實質詞素（形態素），按句法的規則方式，來組合成另一個新的詞彙。

範 例

（1）名詞＋名詞：논밭（農田），밥물（飯米湯），피땀（血汗）……

（2）名詞＋形容詞：맛없다（無味），억지세다（執著），올곧다（正直）……

（3）名詞＋動詞：맛나다（可口），줄기차다（有氣勢），풀죽다（消沉）……

（4）數詞＋數詞：한둘（一二），예닐곱（六七），서너너덧（三五）……

（5）動詞（詞根/語根）＋動詞：해먹다（私吞），몰라보다（忽視），쥐어박다（毆打）……

（6）動詞冠形詞化＋名詞：마른행주（乾抹布），지난번（上回），날벌레（飛蟲）……

（7）形容詞（（詞根/語根））＋形容詞：늙어빠지다（老掉牙），시디시다（酸），크나크다（巨大）……

（8）形容詞冠形詞化＋名詞：싼값（廉價），선무당（二流巫師）……

（9）形容詞（詞根/語根）＋動詞：두려워하다（害怕），젊어지다（變年輕），빨개지다（變紅）……

（10）副詞＋副詞：잘못（錯誤）

（11）副詞＋動詞：마주보다（對視），곧이듣다（輕信），가로막다（橫阻）……

（12）副詞＋形容詞：다시없다（難再有），가만있다（不動），아롱아롱하다（花花綠綠）……

（13）冠形詞＋名詞：온밤（整夜），새싹（新芽），본바닥（原地）……

（2）非統辭性合成詞（語）

　　所謂的「非統辭性合詞（語）」，是指2個（含）以上的詞根/語根/實質詞素（形態素），沒有按照韓語句法規則，以非一定的規則方式，來組合成另一個新的詞彙。

範例

（1）名詞＋副詞：때마침（正好），하루바삐（儘快）……

（2）名詞＋動詞（語根）：낫놀（鐮刀掛勾），땅가물（乾旱），틀누비（車裁縫）……

（3）動詞（詞根/語根）＋名詞：닿소리（子音），흔들의자（搖椅）……

（4）動詞（詞根/語根）＋動詞：깔보다（輕視），여닫다（開關），뻗디디다（頂腳跟）……

（5）副詞＋冠形詞：또한（一樣/而且）

（6）形容詞（詞根/語根）＋名詞：늦봄（晚春），늦서리（晚霜），동글붓（圓筆）……

（7）形容詞（詞根/語根）＋動詞：낮보다（小看），얕잡다（輕視），무르녹다（熟透）……

（8）形容詞（詞根/語根）＋形容詞：굳세다（強壯），약빠르다（機靈），이상야릇하다（奇怪）……

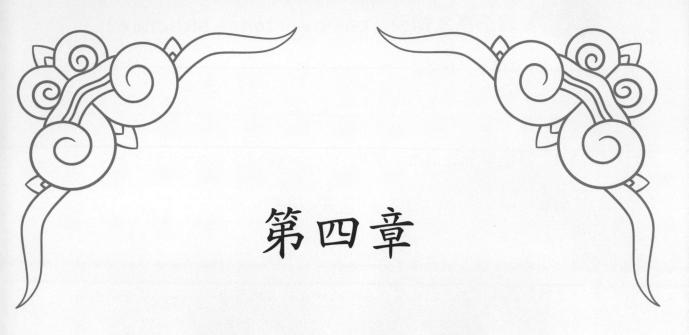

第四章

韓語句法構造

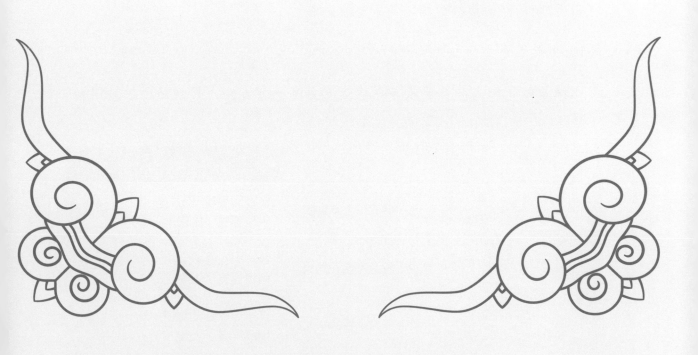

4.1 韓語基本句型（basic sentence structure）

本章節主要針對韓語句子內的成分關係、排列順序、組合方式、以及成分添加等各種重要文法逐一說明。

4.1.1. 韓語句子（文章）的成分（sentence elements）

韓語的一個句子構成之成分，簡單可分成2大類，分別為（1）主要成分與（2）附屬成分。「主要成分」是指句子內必須存在的部分，有它們才能使句子成立，並且明白傳遞句中之訊息。而「附屬成分」則是指對句子的多加說明、修飾、添加它意。「主要成分」是必然需要，「附屬成分」則為不必然需要。「主要成分」當中包含：①主語、②賓語（目的語）、③謂語（敘述語）、④補語等4大成分，而「附屬成分」則包含：①狀語（副詞語）、②定語（冠形語）、③插說語（獨立語）等3種成分。韓語的句子當中，基本上就是依照這7種語言單位成分彼此互相勾勒出語言表達的意義。有關這7類的語言成分說明，簡單整理如下：

（1）主要成分

韓語句子組成之各要素，也就是①主語、②賓語（目的語）、③謂語（敘述語）、④補語等4大成分，如下所示：

	成分	說明	表現方式	例
①	主語	句子當中的行為或者狀態之主體	1）體言＋主格助詞	이량이 상철을 만났다.（俐良遇見了上徹。）
			2）體言＋補助助詞	이량은 상철을 만났다.（俐良遇見了上徹。）
②	賓語（目的語）	主語動作影響所及的對象	1）體言＋目的格助詞	이량은 상철을 만났다.（俐良遇見了上徹。）

	成分	說明	表現方式	例
②	賓語（目的語）	主語動作影響所及的對象	2）體言＋補助助詞	이량은 상철도/까지/마저/만… 만났다.（俐良也/甚至/連上徹都遇見了。）
③	謂語（敘述語）	主語所表現出之行為或狀態	1）用言詞幹（語幹）＋詞尾（語尾）	이량이 상철을 만났다.（俐良遇見了上徹。）
				이량이 착하다.（俐良很善良。）
			1）體言＋敘述格助詞	이량이 미인이다.（俐良是個美人。）
④	補語	補充敘述語意思需要添加的地方（有部分用言不能單獨表達完整意思）	1）體言＋補格助詞＋되다	이량이 남이 되었다.（俐良變成了陌生人。）
			1）體言＋補格助詞＋아니다	이량이 천사가 아니다.（俐良不是天使。）

　　要形成一個所謂「句子」的語法單位，至少需要「主語」與「謂語」（敘述語），而依照句子當中，若謂語（敘述語）是及物動詞，則需要「賓語」（目的語）；若是不完全及物動詞，則需要「補語」這樣的語法單位，來進一步完整補充用言之意。

（2）附屬成分

　　韓語句子組成之各「附屬成分」，分別為①狀語（副詞語）、②定語（冠形語）、③插說語（獨立語），如下所示：

	成分	說明	表現方式	例
①	狀語（副詞語）	修飾用言、冠形詞、副詞類、整體句子	1）一般副詞類	매우（非常），서서히（慢慢地），그러나（但是）……
			2）體言＋副詞格助詞	나에게（對我），친구로서（以朋友）……

②	定語（冠形語）	修飾體言	1）冠形詞＋體言	무슨 음식（什麼食物），어떤 사람（什麼樣的人）
			2）體言＋冠形格助詞	친구의 책（朋友的書），나의 이량（我的俐良）
			3）用言詞幹（語幹）＋冠形詞形詞尾（語尾））	흐르는 물（流的水），내릴 비（下的雨）
③	插說語（獨立語）	與其他句子成分無關，單獨存在	1）感嘆詞	에그（唉呦），어머나（媽呀）……
			2）體言＋呼格助詞	천지신명이시여（天地神明呀）……

　　句子當中所謂的「附屬成分」，其實是可有可無的，「附屬成分」的存在只是讓句子的命題（主要陳述之事實）更加清楚明顯而已，事實上對於命題的闡述並不會有影響。

4.1.2. 詞序（語順，word order）

　　世界上每一種語言都有各自的文法規則，例如漢語的語序（語順）是為「S＋V＋O」，也就是「主詞＋動詞＋受詞」的結構，如：「我吃飯」。而韓語的語序（語順）則是「S＋O＋V」，也就是「主語＋賓語（目的語）＋謂語（敘述語）」的結構，如「나는 밥을 먹다.」（我飯吃。），動詞永遠擺在句子的最後面。

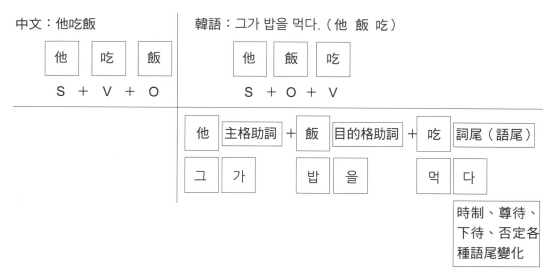

中文：他吃飯

他	吃	飯

S ＋ V ＋ O

韓語：그가 밥을 먹다.（他 飯 吃）

他	飯	吃

S ＋ O ＋ V

他	主格助詞	＋	飯	目的格助詞	＋	吃	詞尾（語尾）
그	가		밥	을		먹	다

時制、尊待、下待、否定各種語尾變化

　　如前章所述，韓語是屬於膠著語，因此除了語序（語順）與漢語不同之外，其句子的組成成分還添加了許多要素，如格助詞、詞尾（語尾）等，以達到「識別」的作用。也就是說，漢語是以詞彙的排列順序來決定句意，但是韓語是是先判斷句中成分之後再添加虛詞來識別其意義。

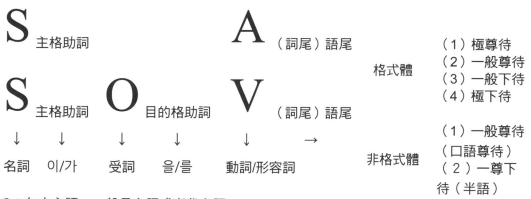

S 主格助詞　　　　　A （詞尾）語尾

S 主格助詞　O 目的格助詞　V （詞尾）語尾

↓　　↓　　↓　　↓　　　↓　　　→

名詞　이/가　受詞　을/를　動詞/形容詞

格式體
（1）極尊待
（2）一般尊待
（3）一般下待
（4）極下待

非格式體
（1）一般尊待（口語尊待）
（2）一尊下待（半語）

S：句中主語，一般是名詞或者代名詞
O：句中賓語（目的語），一般亦為名詞
V：動詞（可再細分為自動詞/他動詞/使動詞/被動詞）
A：形容詞
이/가：主格助詞，用來表示前面所接之名詞為主語
을/를：目的格助詞，用來表示前面所接之名詞為受詞
詞尾（語尾）：依照說話者和聽話者彼此身分地位的差別，必須選擇其中一等級作為交談基準

4.1.3. 句子（文章）構造（sentence structure）

　　以世界上語言共同點而言，韓語與其他語言大致相仿，譬如，具有子母音、詞彙群等。若是單純將詞彙彼此之間排列串聯起來成為所謂「句子」時，若不考慮詞彙們的多寡、順序，基本上與各語言的句子成分幾乎就是相同，如「主語」、「賓語」（目的語）、「謂語」（敘述語）、「狀語」（副詞語）、「插說語」（獨立語）等成分。而本節就是要介紹韓語依照其語法規則，按照句子成分的排列順序的話，大抵上會有哪一些的基本句子構造型態。

　　一個基本句子的構造，最不可或缺的就是（1）主語-S與（2）謂語（敘述語）-A/V，接下來是（3）賓語（目的語）-O，而（4）狀語（副詞語）-Adv與（5）插說語（獨立語）-or在句子表達意思的時候，只是為了更清楚表達句子的命題（主要意思）而已，有或無，其實無關緊要。

範例

（1）愛----------------------------謂語（敘述語）-V

（2）我愛------------------------主語-S＋謂語（敘述語）-V

（3）我愛俐良------------------主語-S＋謂語（敘述語）-V＋賓語（目的語）-O

（4）天啊！我很愛俐良-------獨立語-or＋主語-S＋狀語（副詞語）-adv＋謂語（敘述語）-V＋賓語（目的語）-O

　　如同上面（1）～（4）例句中，（2）與（3）能表達句子意思，而（4）只是讓整句意思表達得更加清楚而已，並未脫離句子所要表達之命題。所以在這4句話中，（2）與（3）便成為基本句子型態的一環。依照此立意，韓語的基本句型結構，便可以簡略整理為如下：

	基本句型結構		例
	主語 （Subject）	謂語（敘述語） （predicate）	
1	S	A/V	（1）비가 온다. （下雨。） （2）눈물이 차다. （淚水寒冷。）
2	S1 （雙重主語之 第一主語）	S2（雙重主語之第二主 語）＋N＋敘述格助詞	이량이 목소리가가 환상적이다. （俐良聲音如夢如幻。）
3	S	O 賓語（目的語）＋V	상철이는 이량을 사랑한다. （上徹愛俐良。）
4	S	Adv 狀語（副詞語）＋V/A	상철이는 이량에게 고백했다. （上徹對俐良告白。）
5	S	O 賓語（目的語）＋adv 狀語（副詞語）＋V/A	상철이는 이량을 너무 사랑했다. （上徹太愛俐良。）
6	S1 （雙重主語之 第一主語）	Adv 狀語（副詞語）＋S2 （雙重主語之第二主語） ＋V/A	이량이는 상철에게 원한이 있다. （俐良對上徹心有怨恨。）
7	S	C（補語）＋V	그리움이 비가 된다. （思念化成雨。）
8	S	O 賓語（目的語）＋C （補語）＋V	상철이는 이량을 천사로 삼았다. （上徹把俐良當作天使。）

4.1.4. 句子（文章）類別（Sentence types）

　　韓語的句子基本形態大致上可以分為2大類：（1）單句（단문，簡單句，a simple sentence），（2）複句（복문，複合句/鑲入句，a complex sentence）。其中（1）「單句」是指一個句中「只有一個主語＋一個敘述語」，而（2）「複句」則是有「2個或以上的主語＋2個或以上的敘述語」。

（1）單句（單文，단문）

	結構-1	結構-2	例句
1	S＋V	主語＋謂語（敘述語）（自動詞）	이량이 온다. （俐良來。） 主語：이량이 謂語（敘述語）（自動詞）：온다
2	S＋adv＋V	主語＋狀語（副詞（語））＋謂語（敘述語）（自動詞）	이량이 학교에 온다. （俐良來學校） 主語：이량이 副詞（語）：학교에 謂語（敘述語）（自動詞）：온다
3	S＋A	主語＋謂語（敘述語）（形容詞）	이량이 예쁘다. （俐良很漂亮。） 主語：이량이 謂語（敘述語）（形容詞）：예쁘다
4	S＋adv＋A	主語＋副詞語＋謂語（敘述語）（形容詞）	이량이 너무 예쁘다. （俐良太漂亮。） 主語：이량이 副詞（語）：너무 謂語（敘述語）（形容詞）：예쁘다
5	S＋C＋V	主語＋補語＋謂語（敘述語）（自動詞）	이량이 애인이 된다. （俐良變成了愛人。） 主語：이량이 補語：애인이 謂語（敘述語）（自動詞）：된다
6	S＋O＋V	主語＋實語（目的語）＋謂語（敘述語）	이량이 충신을 사랑한다. （俐良愛忠信） 主語：이량이 實語（目的語）：충신을 謂語（敘述語）（他動詞）：사랑한다

　　如上述「1-5」例句中，都是由「1個主語＋1個謂語（敘述語）（形容詞/動詞）」組合而成。所謂單句（簡單句），就是最基本的條件固定之後，不管在主語與謂語（敘述語）之間加入多少個其他成分，如狀語（副詞語）或補語，仍然是為單句（簡單句）。

166

（2）複句（複文，복문）

　　所謂複句（複合句），是指2個（或以上）由「主語＋謂語（敘述語）」的單句所共同組合起來，成為一個新的句子。而依照2個（或以上）句子共同組合時所採用的方式，複句句型可分為2大類，分別是（2-1）聯合複句（接續句）（接續文，접속문，Conjunct sentence），另一個是（2-2）多重複句（複合句/鑲入句）（內包文，내포문，Embedded sentence）。

（2-1）聯合複句（接續文）

　　所謂「聯合複句」（接續文），是指2個句子以平行的方式或者是羅列的方式，連結成一個句子。負責連結這2個句子的角色，便是「連結詞尾（語尾）」。而依照連結詞尾（語尾）的意義，可更細部繼續分類句子的意義功能。「聯合複句」依照詞尾（語尾）的意義，可以再分為「並列複句」（對等接續文）與「承接複句」（從屬接續文）。

（2-1-1）並列複句（對等接續文）

　　將A句子與B句子連結成為一新句子，此時A句或B句兩者之間的主語、謂語（敘述語）的構造方式相同。

◆範 例

（1）平列關係（羅列）
①산은 높고 바다는 넓다.　　　　　　　　　　山高海闊。
②친구는 공부하며 노래를 듣는다.　　　　　　朋友一邊讀書一邊聽歌。

（2）分合關係（選擇）
①(당신이)학교에 가든지 공원에 가든지 마음대로 해라. （你）去學校或去公園隨你。
②(사과가)싸든 비싸든 안 사요.　　　　　　　（蘋果）便宜或貴都不買。

167

（2-1-2）承接複句（從屬接續文）

①順序

・사진을 보고 눈물이 났다.　　　　　　看到了照片後落下了淚。

②條件

・바람이 불면 비가 온다.　　　　　　　颱風的話就會下雨。

③因果

・너무 사랑해서 마음이 아프다.　　　　因為太愛了所以心痛。

④讓步

・후회해도 소용없다.　　　　　　　　　後悔也沒用。

⑤理由

・떠났으니까 물거품이 되었다.　　　　因為離開了所以都成了泡沫。

⑥對立

・값이 싸지만 구입하지 않았다.　　　　雖然價格便宜但是仍沒有購入。

（2-2）多重複句（內包文）

　　　所謂「複合句/鑲入句」，是指某一個A句子被編入另一個B句子當中，而成為另一個新的且範圍更大的C句子。而當A句子進入B句子後，成為C句子的一部分時，則會將原本的A句子稱成為是C句子的「成分子句」（成分節）。依照這「成分子句」（成分節）的內容構成方式，則可以再分為「名詞子句」（名詞內包文）、「定語子句」（冠形節內包文）、「狀詞子句」（副詞節內包文）、「謂語子句」（敘述節內包文）、「引用子句」（引用

節內包文）等5種語言單位。

（2-2-1）名詞子句（名詞節內包文）

① 이량이가 상철이 오기 를 기다린다.　　　俐良在等上徹來。

（2-2-2）定語子句（冠形節內包文）

① 상철이가 애교가 많은 이량이를 좋아한다.　上徹喜歡愛撒嬌的俐良。

（2-2-3）狀語子句（副詞節內包文）

① 이량이가 구슬픈 음악이 들려오자 눈물을 흘린다.　俐良一聽到悲傷的歌
　　　　　　　　　　　　　　　　　　　　　　　曲就落淚了。

（2-2-4）謂語子句（敘述節內包文）

① 이량이가 미소가 한없이 달콤하다.　　　俐良微笑無限甜美。

（2-2-5）引用子句（引用節內包文）

① 이량이는 상철이가 좋다고 말했다.　　　俐良說喜歡上徹。

4.2 韓語句法（文章，문장）功能

4.2.1. 結語法（결어법）

　　所謂「結語法」，是韓語學界近年來主張的一種語法範圍。這樣的學術說法，更能將直至目前的「敘法＋禮儀」（話階）、「待遇法」、「敘法」等表達韓語句子樣式的學說，詮釋得更清楚。也就是說，「敘法＋禮儀」（話階）、「待遇法」、「敘法」這類的語法範圍，都不足以整個涵蓋韓語句子表達的方式，所以出現了「結語法」這樣的學術主張。而這「結語法」，其實就是「敘法/文體法」＋「待遇法/尊卑法」的結合。有了說話的表達方式（敘法），加上了說話的尊敬層級（話階/待遇法），這才形成了一句韓語真正可以完整表達的句子。此「結語法」的使用方式，如下圖表格所整理：

（1）格式體與非格式體詞尾（語尾）表格

話階（待遇法）＼敘法	격식체 格式體				비격식체 非格式體	
	해라체（아주낮춤）極下待	하게체（예사낮춤）一般下待	하오체（예사높임）一般尊待	하십시오체 합쇼체（아주높임）極尊待	해체（두루낮춤）一般下待	해요체（두루높임）一般尊待
평서형 平述/陳述法	N(이)다 A다 V는/ㄴ다	N(이)네 A네 V네	N이오 A오/으오/소 V오/으오/소	N입니다 Aㅂ니다/습니다 Vㅂ니다/습니다	N(이)야 A아/어/여 V아/어/여	N예요/이에요 A아/어/여요 V아/어/여요
의문형 疑問法	N(이)냐/(이)니 A(으)냐/니 V느냐/니	N인가 Aㄴ/은가 V는가	N이오? A오/으오/소? V오/으오/소?	N입니까? Aㅂ니까/습니까? Vㅂ니다/습니까?	N(이)야? A아/어/여? V아/어/여?	N이에요/예요? A아/어/여요? V아/어/여요?

감탄형 感嘆法	N (이)(로) 구나 A 구나 V 는구나	N (이)구먼 A 구먼 V 는구먼	N(이)구려 A구려 V는구려			N (이)(로)군요 A군요 V는군요
명령형 命令法	V아/어/여라	V게/으시게	V오/으오/소	[V시지요] V(으)십시오 V읍시오/ㅂ시오 -(으)옵소서 -(으)시옵소서	V아/어/여	V아/어/여요
청유형 請求/勸誘/ 建議法	V자	V(으)세	V오/으오/소	[V시지요] V(으)소서 V읍시다/ㅂ시다	V아/어/여	V아/어/여요
약속법 （約定法/ 約束法）	V(으)마	V음/ㅁ세	V(으)리다	V(으)오리다		
허락법 （許諾法）	V(으)려무나 -(으)렴 -(으)려마	V게나/ 으시게나	V구려/ 으시구려			
경계법 （警戒法/ 告誡法）	V을/ㄹ라	V(으)리	V(으)리다			

　　如上表所示，是韓語句子表達的方式，但是這份表格用法，目前尚存幾處爭議，一處是「命令法的極尊待」，另一處是「勸誘法的極尊待」。這2處用法之所以會引起爭議，是因為不管是命令或者是請求（勸誘）對方的時候，一旦聽者的身分地位比話者要來得高，在韓語的邏輯裡面，幾乎不可能會有令人滿意的「命令」或「請求」（勸誘）的說話方式，換句話說，下位者怎麼能夠很尊敬地命令上位者？下位者又怎麼能夠很恭敬地請求上位者？所以表格中「命令法的極尊待」與「勸誘法的極尊待」欄位中，標記著「[V(으)시지요]」的用法，並非是公認的，也並非是終結詞尾（語尾），它是由「－으시＋지＋요」3種詞尾（語尾）所構成的一種「慣用形態組合詞尾（語尾）」。這是因為只有這樣的組合方式，才能勉強讓聽話者稍微感到婉轉或者緩和的對方意思，在此特別做說明。

下位者怎麼能夠很尊敬地命令上位者？下位者又怎麼能夠很恭敬地請求上位者？所以表格中「命令法的極尊待」與「勸誘法的極尊待」欄位中，標記著「[V(으)시지요]」的用法，並非是公認的，也並非是終結詞尾（語尾），它是由「-으시＋지＋요」3種詞尾（語尾）所構成的一種「慣用形態組合詞尾（語尾）」。這是因為只有這樣的組合方式，才能勉強讓聽話者稍微感到婉轉或者緩和的對方意思，在此特別做說明。

4.2.2. 敘法/文體法（서법/문체법，mood）

所謂「敘法」，簡單說就是話者想要表達意思之「心理態度」。在韓語中，話者的心理態度多半是以「詞尾（語尾）」來表示，故敘法亦可稱為「句子（文章）終結法」。用詞尾（語尾）來表示終結句子（文章）的方式，依照話者的心理態度所呈現出的「方式」，就是「敘述的方式」。但是這「敘法」的語法範圍，目前在韓語學界仍然存有很多爭議，原因在於這語法範疇的分類，到底該如何界定仍眾說紛紜。本章節中，筆者基於「整理」語法的初衷，試著將目前韓語敘法的類別，分成（1）既成分類、（2）學校文法類、（3）學者分類等3大類，並加以說明，而基於教育者的立場，筆者較傾向於第（3）類的主張。

（1）既成分類

	話者意志	上部分類	下部分類
敘法 句子（文章）終結法	無意志性 （무의지성）	敘實法（서실법）	直說法（직설법）
			回想法（회상법）
		敘想法（서상법）	推測法（추측법）
		強調法（강조법）	原則法（원칙법）
			確認法（확인법）

敘法 句子（文章）終結法	意志性 （의지성）	平敘法（평서법）	
		疑問法（의문법）	
		約束法（약속법）	
		請誘法（청유법）	
		警戒法（경계법）	

　　從上面表格可以看到，「敘法」先依照話者的意志而分為2種之後，再劃分為上部與下部的關係。然而，在「上部分類」的細項當中，早已受到許多認為其分類不適當的其他學者挑戰，筆者也認為有再探討的空間。

（2）學校文法類

敘法 句子（文章）終結法	①平敘法（평서법）
	②感嘆法（감탄법）
	③疑問法（의문법）
	④命令法（명령법）
	⑤請誘法（청유법）

　　從上面表格可以看到，「學校文法」當中羅列出一般話者敘述的方式共有5種。所謂「學校文法」，是為了教導學生或外國人學習者正確的韓語規則而設立的一種教學準則。雖然「學校文法」內的規範不盡如人意，也時常受到批評指教，但是這是一種較為中立、也較為「大範圍準則」的語法規定。不可能任何人都能夠將韓語的語法學習到最細微的末節，所以在學習者的學習達到最細則的標準之前，大方向的認識與規則就顯得非常重要了。筆者立場上亦同意「學校文法」的分類方式，但是若是能夠再追加其他學者的主張，或許更能補足語言在實際使用的狀態下之需求。筆者認為韓語「敘法」分類最少理應如下：

173

（3）學者分類

類別		上部分類
敘法（文體法）	①平敘法（평서법）	話者對聽者無特別要求而只是傳達本身情報資料的一種文體法。
		【範例】하늘이 파랗다.（天藍。）
	②感嘆法（감탄법）	話者在獨白的狀態下表達自身感覺的一種文體法。
		【範例】산이 아름답구나!（山真美！）
	③疑問法（의문법）	話者對於聽者提出質問並要求回答的一種文體法。
		【範例】비가 올까요?（會下雨嗎？）
	④命令法（명령법）	話者對聽者做出要求行為的一種文體法。
		【範例】공부를 잘 해라!（好好讀書！）
	⑤請誘法（청유법）	話者對聽者做出要求共同行為的一種文體法。
		【範例】내일 보자!（（我們）明天見！）
	⑥約定法（약속법）	話者對聽者闡述自己的意志之後承諾會做到的一種文體法。
		【範例】내가 데려다 주마.（我會帶你去的。）
	⑦許諾法（허락법）	話者接受聽者要求的一種文體法
		【範例】어서 먹으려무나.（快點吃吧。）
	⑧警戒法（경계법）	話者擔心是否會帶給聽者一些什麼錯誤或不好事情的一種文體法。
		【範例】위험해! 다칠라.（危險！會受傷喔！）

　　從上面表格可以看到，「學者分類」當中羅列出8種話者敘述方式，其中⑥約定法（약속법）、⑦許諾法（허락법）、⑧警戒法（경계법）這3種方式，因為大多是話者與聽者之間，是處於「上位者對下位者」或者是「年紀大者對年紀輕者」的關係層面中才會形成的對答，所以在學校文法中並無

多提及這3類。但由於筆者認為「敘法」層面若能盡量普及語言現實狀況，相信會更加實用，故在此列舉共8項「敘法」類別與功能。而若是將這8種「敘法」，按照話者與聽者之間的關係來細分的話，則可以再分成下列幾項：

項次	以聽者為中心	以話者為中心	以聽者與話者為中心
1	①平敘法（평서법）	③疑問法（의문법）	⑤請誘法（청유법）
2	②感嘆法（감탄법）	④命令法（명령법）	
3	⑥約定法（약속법）	⑦許諾法（허락법）	
4		⑧警戒法（경계법）	

4.2.3. 待遇法/敬語法/尊卑法（대우법/경어법(높임법)/존비법，antithesis）

待遇法（대우법）亦稱敬語法（경어법/높임법）、尊卑法（존비법）。由於所謂「敬語」或者「尊卑」的用法，容易導致讀者認為是「尊崇/尊敬」的用法，所以目前用「待遇」的說法較為客觀，故筆者亦以「待遇法」名稱作為闡述。

待遇法依照其適用對象與範圍，大致上可分為（1）聽者待遇法、（2）主體待遇法、（3）客體待遇法等3類。也就是一句話裡面，會依照句子的行為主體、聽話的人、以及句中所提及的其他人物而給予適當的待遇。像這一類的語法範圍，在韓語體系中是相當發達而且注重的，而漢語裡雖然也有類似的用法，但是只是侷限在詞彙的轉換而已。例如：

範 例

（1）他正在吃飯。

（2）那位正在用餐。

（3）陛下正在進膳。

　　從上面（1）～（3）可得知，這3句意思相同，但是隨著句中的人物不同，便有了詞彙的修正與改變。也就是說，漢語裡僅侷限在詞彙部分的修正，語法上並無任何改變，但是這3句若是換成了韓語，就可以知道不僅詞彙，連語法也改變了。

範 例

（1）他正在吃飯。　　（1-1）그는 밥을 먹고 있어요.

（2）那位正在用餐。　（2-1）그분이 식사하고 계십니다.

（3）陛下正在進膳。　（3-1）폐하께서는 진지를 잡수시(드시)고 계시옵나이다.

　　從上面（1-1）～（3-1），所看到的不僅是詞彙的改變，連助詞、詞尾（語尾）的部分也改變了。漢語部分可以看出是「陛下>那位>他」、「進膳>用餐>吃飯」的改變，而韓語部分則是「폐하 > 그분 > 그」、「진지 > 식사 > 밥」、「잡수시다(드시다) > 식사하다 > 먹다」、「-고 계시옵나이다 > -고 계시다 > -고 있다」。換句話說，韓語待遇法的（1）聽者待遇法，就是「(-고 있)어요 > (-고) 계시다 > -나이다」詞尾（語尾）的部分，而（2）主體待遇法，就是「폐하 > 그분 > 그」，但因為這3句中沒有提到其他人，故沒有（3）客體待遇的問題。

範 例

（4）他正在吃媽媽做的飯。　（4-1）그는 어머니가 해주신 밥을 먹고 있어요.

如上面的例句（4），就產生了所謂是否需要「客體待遇」的情況。此句子的客體很明顯是「媽媽」。按照說話的人與客體的關係，就要遵守客體待遇的規則。簡單來說，（1）聽者待遇法是與「詞尾」（語尾）也就是與「話階」有關；（2）主體待遇法是與句子主語有關，而涉及的範圍是「詞彙」與「助詞類」還有「非終結詞尾」（語尾）；（3）客體待遇法是與句中其他人物有關，而涉及的範圍亦是「詞彙」與「助詞類」還有「非終結詞尾」（語尾）。

待遇法	涉及範圍	備註
（1）聽者待遇法	詞彙、終結詞尾（語尾）	話階
（2）主體待遇法	詞彙、助詞、非終結詞尾（語尾）	先語末詞尾（語尾）
（3）客體待遇法	詞彙、助詞、非終結詞尾（語尾）	先語末詞尾（語尾）

4.2.3.1. 聽者（相對）待遇法（청자(상대)경어법, hearer honorific）

韓語在邏輯上，聽者（相對）待遇法就是要考慮到每一句話的最後面，也就是詞尾（語尾）部分，是否要加上尊敬的用法，則亦可稱為聽者待遇法的「話階」。當A對B說話的時候，A就是話者，B是聽者，此時A就必須對B行使聽者待遇的規則，尊敬或不尊敬B，就是A的選擇，也就是A依照彼此之間的身分、地位、年齡等實際條件，選擇一種對談的階級（話階）。像如此的聽者待遇法，一般都是以詞尾（語尾）來表現，而這樣的詞尾（語尾）便有了一系列的分級。

韓語的話階大致上分成2種，一種稱為「格式體」（격식체），另一種則稱為「非格式體」（비격식체）。「格式體」是指在較為公眾化場合中，用較為嚴謹的說話方式與對方交談或者發表言論；而「非格式體」則是指一

177

般在較為非正式場所或者一般生活中所使用的說話方式。「格式體」依照聽者身分，可再細分成4種等級，「非格式體」則可再細分成2種等級，故韓語的聽者待遇法等級，可說共有6種不同階級。

格式體（격식체）				非格式體（비격식체）	
極下待 해라체 （아주낮춤）	普通下待 하게체 （예사낮춤）	普通尊待 하오체 （예사높임）	極尊待 하십시오체 합쇼체 （아주높임）	普通下待 해체 （두루낮춤）	普通尊待 해요체 （두루높임）

4.2.3.2. 主體待遇法（주체경어법，subject honorifics）

所謂「主體待遇法」，是指對句子當中的「主語」行使尊待，而對「主語」尊敬與否，也牽涉到（1）主體直接尊敬、（2）主體間接尊敬等兩2種成分。所謂（1）主體直接尊敬是指主語所做的動作或狀態；（2）主體間接尊敬是指有關主語的其他事物所做的動作或狀態。那麼韓語依照尊敬主語與否的表現，就會呈現在「詞彙」、「助詞」、「非終結詞尾（語尾）」等3個層面的用法上，譬如：

（1）　그 사람이 술을 산다.　　　　　（他買酒。）

（1-1）그 분께서 술을 사신다.　　　　（那位買酒。）

（1-2）그 분께서 약주를 사신다.　　　（那位買酒（藥酒）。）

如上所述，（1）句中並無對主語行使任何主體尊待，而（1-1）句中則是對主體行使「主體直接尊待」（「분」、「-께서」、「語末詞尾（語尾）-(으)시-」），至於（1-2）句中則是使用了「主體直接尊待」（「분」、「-께서」、「語末詞尾（語尾）-(으)시-」）與「主體間接尊待」（약주）。簡單整理如下圖所示：

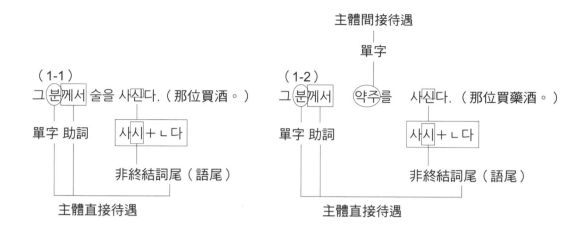

（1-1）
그分께서 술을 사신다.（那位買酒。）
單字 助詞 사시＋ㄴ다
非終結詞尾（語尾）
主體直接待遇

主體間接待遇
單字
（1-2）
그分께서 약주를 사신다.（那位買藥酒。）
單字 助詞 사시＋ㄴ다
非終結詞尾（語尾）
主體直接待遇

4.2.3.3. 客體待遇法（객체경어법，object honorifics）

所謂「客體待遇法」，是指對句子當中的「動作對象」行使尊待。換句話說，一個句子裡出現了第2個（含以上）人物，而此人物亦是主體動作之對象時，考慮到主體與這擔任客體人物之間的上下關係，得以行使客體尊待語否。譬如：

（1）　그는 어머니에게 밥을 사 줬다.　　　他買了食物給媽媽。

（1-1）그는 어머님께 밥을 사 드렸다.　　　他買了食物給媽媽。

（1-2）그는 어머님께 진지를 사 드렸다.　　　他買了食物給媽媽。

如上述（1）的句子，並無行使任何客體尊待方式，而（1-1）是在「客體名稱」、「虛詞」（助詞）、「謂語」（敍述語）部分行使了該句對客體之尊待，至於（1-2）則是在「客體名詞」與「賓語詞彙」、「虛詞」（助詞）、「謂語」（敍述語）部分行使了該句對客體之尊待。其尊待方式如下圖所示：

（1）　그는 어머니에게 밥을 사 줬다.

（1-1）그는 <u>어머님께</u> 밥을 사 <u>드렸다</u>.

客體尊待

（1-2）그는 <u>어머님께</u> 진지를 사 <u>드렸다</u>.

客體尊待

4.2.3.4. 恭遜（謙讓）法（겸양법，honorific system）

　　所謂「恭遜法」，是指話者為了特別表現出謙遜，藉以提高聽者地位的說話方式。通常是以「恭遜先行詞尾（語尾）」（先語末詞尾（語尾））來表之。但是此用法目前在韓語當中，只剩下在「寫信」、「廣告內容」、「文言體」當中使用。

範 例

（1）변변치 못한 물건이오나 정으로 드리오니 받아 주시옵소서.

　　雖非貴重禮物，但真心誠意獻上，還望笑納。

　　例句（1）當中，使用了恭遜先形詞尾（語尾）「-오-」與「-옵-」，還有請求法格式體極尊待的終結詞尾（語尾），這些的用法都是用來提高聽者地位的方式。有關恭遜法的先行詞尾（語尾）與終結詞尾（語尾）搭配用法種類如下所示：

① N＋(이)오-、A/V＋(으)오/사

　　恭遜先行詞尾（語尾）

②-(으)옵＋소서

　　恭遜先行詞尾（語尾）＋請求法格式體極尊待的終結詞尾（語尾）

③-(으)시＋옵＋소서

　　主體尊待先行詞尾（語尾）＋恭遜先行詞尾（語尾）＋請求法格式體極尊待的終結詞尾（語尾）

④-사옵-

　　恭遜先行詞尾（語尾）

⑤-사옵시-

　　恭遜先行詞尾（語尾）＋主體尊待先行詞尾（語尾）

⑥-사옵＋나이다

　　恭遜先行詞尾（語尾）＋平敘法格式體極尊待的終結詞尾（語尾）

4.2.3.5. 壓尊法（압존법，suppresses honorifics）

　　所謂「壓尊法」，是屬於「待遇法」的一環，是一種橫跨了「聽者・主體・客體」3個範圍的待遇法。語言使用的場所，如在家庭、社會、人際關係交流等所使用的語言現象，會隨著話者與聽者之間的關係而形成尊卑的層級。而除了聽者與話者之外，對談的語言內容當中若是提及第三人，這第三人與聽者、話者之間也會形成尊卑的排列層級，那麼當話者是否要對尊卑排列等級為第二的對象行使尊待的時候，就是所謂的「壓尊法」適用與否。簡單來說，就是不針對交談內容中尊卑排列於第二以後（第二以後且非最後）的人物對象行使尊待的禮遇方式。

範 例

（1）　선생님, 이것은 선배가 만들었습니다.

　　　老師，這個是學長做的。

（2）　할아버지, 아버지와 어머니가 진지를 잡수시라고 하였습니다.

　　　爺爺，爸爸和媽媽喊您用餐。

（1-1）선생님, 이것은 선배가 만드셨습니다.

　　　老師，這個是學長做的。

（2-1）할아버지, 아버지와 어머니가 진지를 잡수시라고 하셨습니다.

　　　爺爺，爸爸和媽媽說請您用餐。

　　　如上述例句（1）中的「만들었-」，是「선배」（學長）做的動作，顯然話者與「선배」還有「선생님」（老師）之間的關係，是「선생님（老師）＞선배（學長）＞화자（話者）」的尊卑排列，而當話者對老師提起「老師，這個是學長做的」的時候，排列第一的老師因為地位大於排列第二的學長，所以在老師面前，就不對學長行使尊敬之待遇，這便稱為「壓尊法」。

　　　如上述例句（2）中的「-하였-」，是「아버지와 어머니」（爸爸和媽媽）做的動作，顯然話者與「할아버지」（爺爺）還有「아버지와 어머니」（爸爸和媽媽）之間的關係，是「할아버지（爺爺）＞아버지와 어머니（爸爸和媽媽）＞화자（話者）」的尊卑排列，而當話者對爺爺提起「爺爺，爸爸和媽媽喊您用餐」的時候，排列第一的爺爺因為地位大於排列第二的爸媽，所以在爺爺面前，就不對爸媽行使尊敬之待遇，這便稱為「壓尊法」。

　　　然而如上述例句（1-1）與（2-1）中的「만드셨-」與「하셨-」，是「선배」（學長）與「아버지와 어머니」（爸爸和媽媽）做的動作，雖然老師尊卑等級大於學長、爺爺大於爸爸和媽媽，但是仍然在老師面前使用了「-(으)시」、在爺爺面前使用了「-(으)시」來禮遇學長、爸媽，這種現

象，便沒有行使「壓尊法」。但是，特別值得一提的是，目前在韓國的語言社會中，「壓尊法」已經漸漸式微，不被人們所使用。這是因為當話者是所有交談內容中地位最卑微者的話，那麼理論上不管對誰講話，都應該尊待禮遇每一個被提及的人、事、物，而不是獨尊一個最上位者，這樣的氛圍，也已經受到社會或家庭中語言現象使用的極大肯定了。

4.2.4. 時制（시제，tense）

所謂「時制」，「時」為時間、「制」為對提及事件所發生時間前後之限制。簡單來說，就是話者對於表達的語言句子當中所發生的事件時間（現在、過去、未來）予以闡明之意。在韓語表達事件時間的方法，大部分是以（1）先行詞尾（語尾）、（2）冠詞形詞尾（語尾）、（3）終結詞尾（語尾）、（4）時間副詞等4種方式呈現。而這4種方式並非都是單獨使用，話者為了能夠正確表達事件發生的順序，這4種方式通常會共同使用。

（1）先行詞尾（語尾）

先行詞尾（語尾）	時制	使用方式	例
-는/ㄴ- （動詞專用並與 「-다」共構）	現在	N＋（無）＋敘述格助詞	학생이다（是學生）
		A＋（無）＋終結詞尾（語尾）	예쁘다（漂亮）
		V＋는/ㄴ＋終結詞尾（語尾）	먹는다（吃） 간다（去）
-았/었/였-	過去	N있어- N였- A/V았/었/였-	학생이었다. 친구였다. 갔다. 늦었다. 사랑했다
-겠-	未來	A/V겠	늦겠다. 먹겠다.

（2）冠詞形詞尾（語尾）

冠詞形詞尾（語尾）	時制	使用方式	例	
-은/는/ㄴ	現在	A＋은/ㄴ	넓은 바다 예쁜 여자	寬廣的大海 漂亮的女生
		V＋는	가는 사람 먹는 사람	去的人 吃的人
-은/ㄴ	過去	V＋은/ㄴ	간 사람 먹은 사람	去了的人 吃了的人
-을/ㄹ	未來	V＋을/ㄹ	갈 사람 먹을 사람	將要去的人 將要吃的人
-던	過去 回想	N＋이었/였＋던 A/V던	바보였던 사람 학생이었던 나 가던 식당 예쁘던 여자	曾是傻瓜的人 曾是學生的我 去過的餐廳 漂亮過的女生

（3）終結詞尾（語尾）

終結詞尾（語尾）	時制	使用方式	例	
-는/ㄴ다	現在	V＋는/ㄴ다	먹는다 간다	吃 去
-다	現在	A＋다	예쁘다	美
		N＋이＋다	학생이다	是學生
-더라	過去	V/A＋더라	어디 있더라!	在哪去了！
-(으)리라	未來	V/A＋(으)리라	아마 그러리라.	大概是那樣

備註　4.2.1.結語法中（1）格式體與非格式體詞尾（語尾）表格皆可表現在時制。

（4）時間副詞

　　大體上，只要是表達時間有關的（1）時間名詞、（2）時間名詞與助詞結合、（3）時間名詞與衍生詞（派生語）結合、（4）時間副詞等，都可以當作時間副詞使用。

範例

（1）時間名詞	：내일（明天），어제（昨天），모레（後天）……
（2）時間名詞＋助詞	：밤＋에（晚上），7월＋에（七月），내년＋에（明年）……
（3）時間名詞＋衍生詞（派生語）	：영원＋히（永遠地）……
（4）時間副詞	：오래（長久），일찍（較早），일찍이（早早地），벌써（已經）……

補充 　其他有關時間動作的表現方式，可參考下一節的「相」。

4.2.5. 相（상，aspect）

　　所謂「相」，是指句中事件動作的樣貌，也就是描述動作在時間軸上的樣貌。舉例來說，在「花開/花開了/花正在開/花漸漸開/花開始開了/花終於開了……」這樣的句子裡，是由「花」與「開」組成一個完整的句子，但是為了描述「開」的動作，添加「了/正在/漸漸/開始/終於」等諸如此類的語言單位，而有了表示「持續/反覆/瞬間……」的樣貌，這便稱為「相」。而韓語裡，表達「相」的用法大部分是以「詞幹（語幹）＋詞尾（語尾）」或者是「＋補助用言」方式來表達。有關韓語的相，其表達類形簡單介紹如下：

（1）起始相

解釋相意	表現方式	例句
動作開始、轉化之意	-아/어/여 지다	내일부터 추워지겠다. （明天開始會變冷。）
	-기 시작하다	비가 내리기 시작해요. （開始下雨了。）

（2）終結相

解釋相意	表現方式	例句
一動作完全中止終止或動作終止後另一個動作繼起	-고(나서)	바람이 그치고 비가 온다. （風停雨便來。）
	-다가	집에 가다가 친구를 만났다. （回家途中遇見了朋友。）
	-아/어/여 버리다	빵을 먹어 버렸다. （麵包都吃完了。）

（3）持續相

解釋相意	表現方式	例句
動作進行持續中	-는/ㄴ다	꽃이 핀다. （花開。（仍持續））
	-고 있다	공부하고 있다. （正在讀書。（正持續））
	-는 중에	집에 가는 중이다. （回家當中。（持續進行））
	-아/어/여 있다	의자에 앉아 있다. （坐在椅子上。（完成持續中））
	-아/어/여 가다	나비가 죽어 간다. （蝴蝶逐漸死去。（未來結果不變持續進行））
	-아/어/여 오다	열심히 공부해 왔다. （一直努力讀書而來。（過去至今動作仍持續））

（4）瞬間相

解釋相意	表現方式	例句
動作瞬間發生	-자（마자）	노래하자 눈물이 떨어진다. （一唱歌淚水就滑落。）

（5）結果相

解釋相意	表現方式	例句
動作結束後之結果	-아/어/여（서）	집에 가(아서) 보니 아무도 없더라. （回家一看（結果）都沒人在。）

（6）反覆相

解釋相意	表現方式	例句
相對、相同之動作反覆發生	-아/어/여 대다	손을 떨어 댄다. （一直抖動手。）
	-아/어/여 쌓다	깔깔 웃어 쌓는다. （一直發笑。）

　　如上面表格中所舉的例子，只是韓語表達「相」樣式當中的一小部分。除此之外，尚能以「反覆詞根（詞根（語根））共構類」（如，－ㄹ락－）、「與回想先形詞尾（語尾）類共構」（如，－더－）等諸多語法單位來體現，本節僅止於初步介紹。

4.2.6. 動貌（動態，동태，voice）

　　所謂「動貌」（動態），是指動詞（動作）的樣態、種類、機能，在此予以分類闡述。韓語動詞系統中，以被動與使動用法最為廣泛，以下分類敘述：

187

4.2.6.1. 被動態（피동태，passive voice）

　　所謂「被動」，是指句中主體因外力影響而行使動作。其動詞稱為「被動詞」。韓語在表被動態上，大致上可以分為以下4種：

（1）動詞詞幹（語幹）＋接尾詞（-이/-리/-히/-기）

（2）使用「되다」與「받다」與「당하다」來替代「하다」

（3）「動詞詞幹（語幹）＋아/어지다」或「動詞詞幹（語幹）＋게 되다」

（4）其他被動表達方式

4.2.6.1.1. 被動態之表達

　　所謂「被動」，是指句中主體因外力影響而行使動作。其動詞稱為「被動詞」。韓語在表被動態上，大致上可以分為

（1）動詞詞幹（語幹）＋接尾詞（-이/-리/-히/-기）

　　動詞的詞幹（語幹）加上接尾詞之後可以形成被動詞，這種被動詞是主要常見的被動方式，但若是已登錄於字典的語彙者，例如「詞幹（語幹）-이/-리/-히/-기」，則是一種造字原理而非活用，說明如下：

① 보다（看）　　　＋이 ＝보이다（被看見）

② 풀다（解開）　　＋리 ＝풀리다（被解開）

③ 잡다（抓）　　　＋히 ＝잡히다（被抓）

④ 뺏다（搶奪）　　＋기 ＝뺏기다（被搶奪）

（2）使用「되다」與「받다」與「당하다」來替代「-하다」的被動態

　　某些具有「N하다」形態的動詞當中，會在其詞根（語根）後接「되다」與「받다」與「당하다」來表被動用法，如：

①성립하다（成立）　　　　→성립되다（被成立）

②존경하다（尊敬）　　　　→존경받다（被尊敬）

③협박하다（脅迫）　　　　→협박당하다（被脅迫）

　　這類的被動用法，有2種條件限制：

　　第一，有些詞彙可以擁有4種或3種或者2種不等之形態（如：「감금하다」（他動）、「감금되다」（被動）、「감금받다」（被動）、「감금당하다」（被動））。第二，這類擁有「N하다」形態的詞彙，必須是本來「N」與「하다」是可以分開的組合形態，而其中又以漢音詞（漢字語）佔絕大多數。

（3）動詞詞幹（語幹）＋아/어지다

　　某些及物動詞詞幹（語幹）加上「아/어지다」之後形成了被動形態，而某些及物或不及物動詞詞幹（語幹）加上「아/어지다」則形成並非被動之意的「自然形成」（也就是形成自動詞（V/A＋아/어/여지다）），並且與「-게 되다」的意思相同，如：

①나누다（分開）＋어지다　→　나누어지다（被分開）─被動

②풀다　（解開）＋어지다　→　풀어지다　（被解開）─自動

③만들다（製造）＋어지다　→　만들어지다（被製造）─自動

（4）其他被動表達方式

有某些被動的用法有其特別的規定，不屬於上面任何敘述之方式，如：

① 소박하다（虐待）　　　→ 소박맞다（受虐）

② 욕하다（侮辱）　　　　→ 욕먹다（被辱）

③ 꾸중하다（責備）　　　→ 꾸중듣다（被責備）

④ 도둑질하다（偷盜）　　→ 도둑맞다（被偷）

4.2.6.1.2. 被動態語意差異

4種被動詞使用的差異點，簡單敘述如下：

（1）動詞＋接尾詞（접미사，-이/-리/-히/-기等）

　　→ 變化形式、純粹外力之被動

（2）使用「되다」與「받다」與「당하다」來替代「하다」

　　→ 特定詞彙形態之變化、負面內容、事件結果

（3）動詞詞幹（語幹）＋아/어/여지다

　　→ 與意志有關、與外在因素有關係、與主體期望該行為之意圖有關

（4）其他被動表達方式

　　→ 特定、慣用表達方式

漢語與韓語的被動轉換模式，如下圖所示：

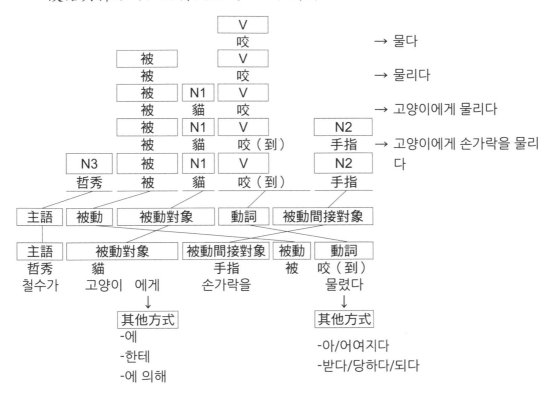

從上圖可以得知，漢語的被動句子成分構造順序為：

（1）主語＋（2）被動＋（3）被動對象＋（4）動詞＋（5）被動間接對象

從上圖可以得知，韓語的被動句子成分構造順序為：

（1）主語＋（2）被動對象＋（3）被動間接對象＋（4）被動＋動詞

而為了正確區別韓語這些成分的角色與位置，需要加入助詞：

（1）主語 → N＋이/가

（2）被動對象＋에/에게/한테/에 의해

（3）被動間接對象＋을/를

（4）被動＋動詞＋이/리/히/기

　　依照上述被動形成之種類與搭配的助詞使用，類形大致如下：

4.2.6.2. 使動態（사동태，causative voice）

　　所謂「使動」，是指句中主體使某人或者某事物去行使某行為，也就是說，是施加了外力而行使動作之性質。表示使動的動詞稱為「使動詞」。韓語的使動形態，大致上可以用以下4種方式來表達：

（1）用言詞幹（語幹）＋接尾詞（-이/-리/-히/-기/-우/-구/-추）＋다

（2）使用「-시키（接尾詞）（다）」來替代「-하다」

（3）動詞詞幹（語幹）＋게 하다/만들다/-뜨리다/-트리다

（4）其他使動表達方式

4.2.6.2.1. 使動態之表達

（1）動詞詞幹（語幹）＋接尾詞（-이/-리/-히/-기/-우/-추/-구）＋다

動詞的詞幹（語幹）加上接尾詞之後可以形成使動詞，這種使動詞是主要常見的使動方式，如：

① 녹다（融）　　＋이 ＝ 녹이다（使融）

② 갈다（磨）　　＋리 ＝ 갈리다（使磨）

③ 넓다（寬）　　＋히 ＝ 넓히다（弄寬）

④ 벗다（脫）　　＋기 ＝ 벗기다（脫之）

⑤ 깨다（打破）　＋우 ＝ 깨우다（喚醒）

⑥ 갖다（具備）　＋추 ＝ 갖추다（使具備）

⑦ 달다（熱、燒）＋구 ＝ 달구다（弄熱）

（2）使用「시키다」來替代「-하다」

某些具有「N하다」形態的動詞，可以換成「N시키다」來行使使動的用法，如：

① 성립하다（成立）→ 성립시키다（使成立）

② 환기하다（喚起）→ 환기시키다（使喚起）

③ 유출하다（流出）→ 유출시키다（使流出）

這類的使動用法，大致上有以下的共通點：

第一，「名詞＋시키다」的名詞當中，大部分是以漢音詞（漢字語）為主。

　　第二，「名詞＋시키다」的名詞當中，大部分是動態性或狀態性名詞。

（3）動詞詞幹（語幹）＋게 하다/만들다/-뜨리다/-트리다

　　某些他動詞詞幹（語幹）加上「＋게 하다/만들다」之後形成了使動形態，如：

① 울다（哭）　　　＋게 하다/만들다 → 울게 하다/만들다（使哭）

② 공부하다（讀書）＋게 하다/만들다 →공부하게 하다/만들다（使讀書）

③ 떨다（抖）　　　＋어 뜨리다　　　→ 떨어뜨리다（使落下）

④ 떨다（抖）　　　＋어 트리다　　　→ 떨어트리다（使落下）

（4）其他使動表達方式

　　有某些使動的用法有其特別的規定，不屬於上面任何所述之方式，如：

① 젖다（弄濕）　　→ 적시다（使弄濕）

② 돌다（轉）　　　→ 돌이키다（挽回）

③ 자다（睡）　　　→ 재우다（哄睡）

④ 쓰다（寫）　　　→ 씌우다（使寫）

⑤ 뜨다（浮）　　　→ 띄우다（使漂浮）

　　上面所舉之範例當中，有些原動詞（左邊）換成使動詞（右邊）的時候，其實最後的詞性並非就是使動詞，但若以句法意思來解讀時，應該將之視為使動詞較為恰當。

4.2.6.2.2. 使動態語意差異

（1）動詞詞幹（語幹）＋接尾詞（-이/-리/-히/-기/-우/-구/-추）

　　變化形式、外力使動、主語直接行使動作。

（2）使用「-시키（接尾詞）（다）」來替代「-하다」

　　變化形式、外力使動、漢音詞（漢字語）詞為主。

（3）動詞詞幹（語幹）＋게 하다/만들다

　　變化形式、外力使動、主語間接行使動作。

（4）其他使動表達方式

　　特定、慣用表達方式。

　　上述差異點中的「主語直接行使動作」與「主語間接行使動作」的意思，是指「（1）動詞詞幹（語幹）＋接尾詞」與「（3）動詞詞幹（語幹）＋게 하다/만들다」之間的不同，例如：

① 이머니가 아이에게 옷을 입힌다. （媽媽給小孩子穿衣服。）

　　→ 媽媽直接動手使小孩子穿上。

② 어머니가 아이에게 옷을 입게 한다. （媽媽讓小孩子穿衣服。）

　　→ 媽媽並無直接動手使小孩子穿上。（口頭命令或者動用其他方法）

③ 어머니가 인형에 옷을 입힌다. （媽媽給洋娃娃穿衣服。）

　　→ 媽媽直接動手使洋娃娃穿上。

④*어머니가 인형에 옷을 입게 한다. （媽媽讓洋娃娃穿衣服。）

→ 媽媽並無直接動手使洋娃娃穿上。（口頭命令或者動用其他方法）

第④例句中的「인형」（洋娃娃）並非是有情名詞，所以使用間接方法要「인형」（洋娃娃）自己去行使穿上衣服動作是不可能的。因此，雖然文法上是正確的，但是在語意上卻是矛盾的。

漢語與韓語的使動轉換模式，如下圖所示：

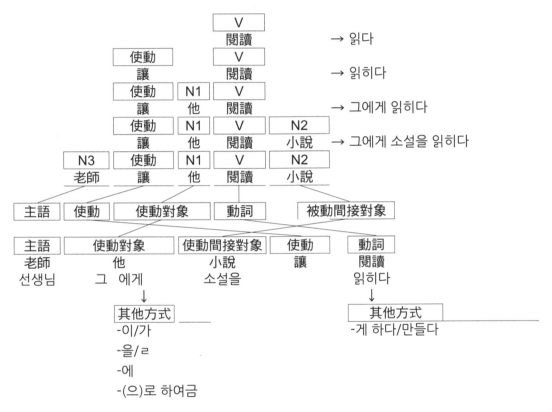

從上圖可以得知，漢語的使動句子成分構造順序為：

（1）主語＋（2）使動（讓/使）＋（3）使動對象＋（4）動詞＋（5）使動間接對象

從上圖可以得知，韓語的使動句子成分構造順序為：

（1）主語＋（2）使動對象＋（3）使動間接對象＋（4）使動＋動詞

而為了正確區別韓語這些成分的角色與位置，需要加入助詞：

①主語 → N＋이/가

②使動對象＋에/에게/한테/（으）로 하여금/을/ㄹ/이/가

③被動間接對象＋을/ㄹ

④被動＋動詞＋이/리/히/기

　　上述的（2）使動對象後面能加的韓語助詞類相當多元，但是這並不代表任何句子內都可以添加，這是因為每賦予一種助詞便代表有另一深層之意，「－에/에게/한테」是因為該句有間接使動對象時候；「（으）로 하여금/을/ㄹ/이/가」則是與「使動對象」本身行動意願有關。

4.2.7. 否定（부정，negation）

　　所謂「否定」，是指一種用來表達否認、抵觸、反駁、拒絕、反對等陳述的用法。韓語的「否定」用法大致上可以分為7類，分別是「안」、「－지 않다」、「못」、「－지 못하다」、「－지 말다」、「아니다」、「없다」。

4.2.7.1. 否定之分類

　　否定方式可以細分成如下圖分類：

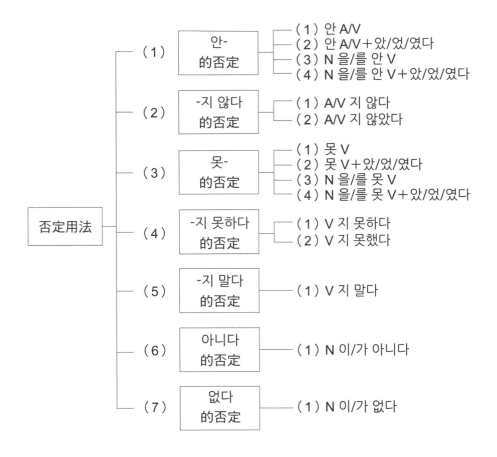

4.2.7.2. 否定之使用

（1）「안」的否定：

　　① 안 A/V

　　「안 A/V」的否定又稱為「短形否定」，通常用於口語上，表示主語自體意識上較為主觀的否定。此項用法只能以「안（否定副詞）＋完整詞根（語根）用言」方式表示，完整詞根（語根）意指是一個可以獨立行使的語言單位。

範例

（1）안 먹는다 不吃　--------「먹」是完整詞根（語根）。
（2）안 슬프다 不悲傷　--------「슬프」是完整詞根（語根）。
（3）안 쌀쌀하다 不冷　--------「쌀쌀」是不完整詞根（語根），故不能分離。

②안 A/V＋았/었/였다

「안 A/V＋았/었/였」是對於①「안 A/V」的過去行為或狀態的否定，通常用於口語上，表示主語自體意識上的否定以及單純否定。此項用法也是只能以「안（否定副詞）＋完整詞根（語根）用言」方式表示。

範例

（1）안 먹었다 沒吃　--------「-먹-」是完整詞根（語根）。
（2）안 슬펐다 沒悲傷　--------「슬프」是完整詞根（語根）。
（3）안 쌀쌀했다 沒冷　--------「쌀쌀」是不完整詞根（語根），故不能分離。

③N을/를 안 V

「N을/를 안 V」是否定副詞「안」在對「完整詞根（語根）用言」否定時的方式。韓語詞彙中，有大量的詞彙是以「N＋하다（V）」形式所構成的動詞類，然而「N＋하다（V）」當中的「N」若是完整詞根（語根）的話，使用否定副詞「안」來否定這類詞彙時，就必須以「N을/를 안 하다」的方式表示。這是因為否定副詞直接限制的是動詞而並非名詞。

範例

（1）안＋공부하다　→ 안 공부한다　------------ 不學習（✕）
　　　　　　　　　→ 공부를 안 한다　------------ 不學習（○）

（2）안＋사랑하다　→ 안 사랑한다　------------ 不愛 （×）

　　　　　　　　　→ 사랑을 안 한다　------------ 不愛 （〇）

（3）안＋고백하다　→ 안 고백하다　------------ 不告白（×）

　　　　　　　　　→ 고백을 안 한다　----------- 不告白（〇）

④ N을/를 안 V＋았/었/였다

「N을/를 안 V＋았/었/였다」是對於③「N을/를 안 V」的過去行為之否定用法。

範 例

（1）안＋공부했다　→ 안 공부했다　------------ 沒學習（×）

　　　　　　　　　→ 공부를 안 했다　------------ 沒學習（〇）

（2）안＋사랑했다　→ 안 사랑했다　------------ 沒愛 （×）

　　　　　　　　　→사랑을 안 했다　------------ 沒愛 （〇）

（3）안＋고백했다　→ 안 고백했다　----------- 沒告白（×）

　　　　　　　　　→고백을 안 했다　----------- 沒告白（〇）

（2）「-지 않다」的否定：

① A/V 지 않다

「A/V 지 않다」（補助用言）的否定又稱為「長形否定」，通常用於書面體或口語，表示主語自體意識上較為客觀的否定。此項的否定規則比起用否定副詞「안」的規則，用法相對單純。

範 例

（1）먹다 + 지 않다　　　→ 먹지 않는다　不吃

（2）슬프다 + 지 않다　　→ 슬프지 않다　　不悲傷

（3）쌀쌀하다 + 지 않다　→ 쌀싸하지 않다 不冷

---

　　② A/V지 않았다

「A/V지 않았다」是對於①「A/V지 않다」的過去行為或狀態之否定用法。

◆範◆例◆

（1）먹다 + 지 않았다　　→ 먹지 않았다　　　沒吃

（2）슬프다 + 지 않았다　→ 슬프지 않았다　　沒悲傷

（3）쌀쌀하다 + 지 않았다 → 쌀싸하지 않았다 沒冷

（3）「못-」的否定：

　　① 못 V

「못-」（否定副詞）又稱為「短形否定」，直接加在某動作之前，表示是因為在「外在因素」、「內在因素」欠缺的情況下而否定。

◆範◆例◆

（1）비가 와요. 못 가요.　　下雨。不能去。　　（因外在因素）

（2）몸이 아파요. 못 가요.　不舒服，不能去。　（因內在因素）

---

　　②못 V + 았/었/였다

「못 V + 았/었/였다」是對於①「못 V」的過去「外在因素」、「內在因素」欠缺的情況下而否定之用法。

範 例

（1）비가 왔어요. 못 갔어요.　　　下雨。沒能去。　　（因外在因素）

（2）몸이 아팠어요. 못 갔어요.　　不舒服，沒能去。（因內在因素）

---

③ N을/를　못 V

「N을/를　못 V」是否定副詞「못」在對「完整詞根（語根）用言」否定時的方式。韓語詞彙中，有大量的詞彙是以「N＋하다（V）」形式所構成的動詞類，然而「N＋하다（V）」當中的「N」若是完整詞根（語根）的話，使用否定副詞「못」來否定這類詞彙時，就必須以「N을/를　못 V」的方式來表示。這是因為否定副詞直接限制的是動詞而非名詞。

範 例

（1）비가 와요. 외출을 못해요.　　下雨。不能外出。　　（因外在因素）

（2）몸이 아파요. 세수를 못해요.　不舒服，不能盥洗。（因內在因素）

---

④ N을/를　못 V＋았/었/였다

「N을/를　못 V＋았/었/였다」是對於③「N을/를　못 V」的過去「外在因素」、「內在因素」欠缺的情況下而否定之用法。

範 例

（1）비가 왔어요. 외출을 못했어요.　　下雨.。沒能外出。　　（因外在因素）

（2）몸이 아팠어요. 세수를 못했어요.　不舒服，沒能盥洗。（因內在因素）

（4）「-지 못하다」的否定：

① A/V지 못하다

「A/V지 못하다」（補助用言）又稱為「長形否定」，直接加在某動作或狀態之後，表示因為「外在因素」、「內在因素」欠缺的情況下而否定。

範例

（1）비가 와요. 가지 못해요.　　下雨。不能去。　　（因外在因素）
（2）몸이 아파요. 가지 못해요.　　不舒服，不能去。　　（因內在因素）
----

② A/V지 못했다

「A/V지 못했다」是對於①「A/V지 못하다」的過去「外在因素」、「內在因素」欠缺的情況下而否定之用法。

範例

（1）비가 왔어요. 가지 못했어요.　　下雨了。沒能去。（因外在因素）
（2）몸이 아팠어요. 가지 못했어요. 不舒服，沒能去。（因內在因素）

（5）「-지 말다」的否定：

①「-A/V지 말다（補助動詞）」

「-A/V지 말다」（補助動詞）的否定意思當中，不僅對主體對象的動作具有「禁止」的意味，也有著「命令」的成分，其用法是接在動詞之後。

範例

（1）가지 말아요.　　別去。

2）먹지 말아요.　　別吃。

3）아파하지 말아요.　別難過。

4）염려하지 말아요.　別擔心。

（6）「아니다」的否定：

　　①N이/가 아니다

「N이/가 아니다」是對一般事實的否定方式。

範例

1）학생이 아니다.　　不是學生。

2）친구가 아니다.　　不是朋友。

（7）「없다」的否定：

　　①N이/가 없다

「N이/가 없다」是對於一般人、事、物存在之否認方式。

範例

1）학생이 없다.　　　學生不在/沒有學生。

2）친구가 없다.　　　朋友不在/沒有朋友。

4.2.8. 引用（인용，quotation）

　　在不同的時間或場所之下，把某人說過或把自己說過之某事情（談話或思考內容）陳述出來者，稱之為「引用」。而引用又可分為「直接引用」

與「間接引用」。「直接引用」的意思就是將某人說過的「話」、「思考內容」等原封不動地再一次引述出來，而引述的時候，要將某人的那段「話」、「思考內容」用「""」（引號）直接敘述出來。

4.2.8.1. 引用之分類

韓語的引用方式簡單整理如下：

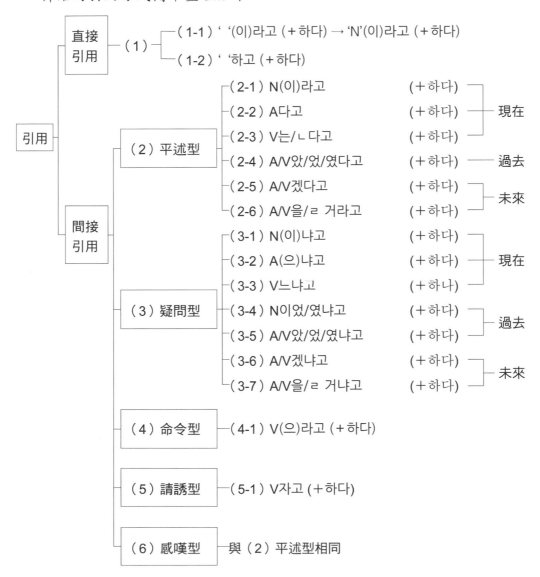

韓語引用與漢語引用互換用法：

（1）直接引用　　　　：我說/某人說/他說/聽說「……」

（2）間接引用平敘型：我說/某人說/他說/聽說……

（3）間接引用疑問型：我說/某人問說/他說/聽說……

（4）間接引用命令型：我叫/某人叫/他叫/聽說叫/要/要求/命令……

（5）間接引用請誘型：我建議說/某人建議說/他建議說/聽說建議一起……

（6）間接引用感嘆型：我說/某人說/他說/聽說……啊！

4.2.8.2. 引用之使用

（1）直接引用：

（1-1）"…"(이)라고　（＋하다/引用動詞）

"…"(이)라고 (＋하다) → "…" （N） 라고　（＋하다/引用動詞）		
（此用法不可以用在非人類的語言引用）		
時制	先行要素（例句）	引用例句
不限	학생입니다.	"학생입니다"라고(요/합니다). （某人說/聽說「是學生」。）
	돈이 없음.	"돈이 없음"이라고(요/합니다). （某人說/聽說「沒錢」。）
	비가 많이 왔어요.	"비가 많이 왔어요"라고(요/합니다). （某人說/聽說「下好大的雨」。）

（1-2）"…"하고 （＋하다/引用動詞）

"…"하고 （＋하다/引用動詞） （此用法可以用在非人類的語言引用）		
時制	先行要素（例句）	引用例句
不限	학생입니다.	"학생입니다"하고 가 버렸어요. （某人說了一聲「是學生」就走了。）
	돈이 없음.	"돈이 없음"하고 나갔어요. （某人說了一聲「沒錢」就出去了。）
	사랑해.	"사랑해"하고 울었어요. （她說了聲「我愛你」就哭了。）

補充　非人類語言。

例如：참새가 짹짹 울고 날아갔어요. ⇒ 참새가 "짹짹"하고 날아갔어요.

（2）間接引用：

（2-1）平敘形

（2-1-1）N(이)라고 （＋하다/引用動詞）

N(이)라고 （＋하다/引用動詞）		
時制	先行要素（例句）	引用例句
現在	이것이 책입니다.	이것이 책이라고(요/합니다). （聽說這個叫做書。）
	상철이는 미남입니다.	상철이는 미남이라고(요/합니다). （聽說上徹是美男子。）
	천재의 반의어는 바보이지요.	천재의 반의어는 바보라고(요/합니다). （聽說天才的反意語是笨蛋吧。）

（2-1-2）A다고 （＋하다/引用動詞）

A다고 （＋하다/引用動詞）		
時制	先行要素（例句）	引用例句
現在	양명산이 아름다워요.	양명산이 아름답다고(요/합니다). （聽說/他說陽明山很美。）
	김치가 맛있어요.	김치가 맛있다고(요/합니다). （聽說/他說泡菜很好吃。）
	한복이 비쌉니다.	한복이 비싸다고(요/합니다). （聽說/他說韓服很貴。）

（2-1-3）V는/ㄴ다고 （＋하다/引用動詞）

V는/ㄴ다고 （＋하다/引用動詞）		
時制	先行要素（例句）	引用例句
現在	한국에 갑니다.	한국에 간다고(요/합니다). （聽說/他說去韓國。）
	눈이 와요.	눈이 온다고(요/합니다). （聽說/他說下雪。）
	라면을 먹습니다.	라면을 먹는다고(요/합니다). （聽說/他說吃泡麵。）

（2-1-4）A/V았/었/었다고 （＋하다/引用動詞）

A/V았/었/었다고 （＋하다/引用動詞）		
時制	先行要素（例句）	引用例句
過去	양명산이 아름다웠어요.	양명산이 아름다웠다고(요/합니다). （聽說/他說之前陽明山很美。）
	김치가 맛있었어요.	김치가 맛있었다고(요/합니다). （聽說/他說之前泡菜很好吃。）
	한복이 비쌌습니다.	한복이 비쌌다고(요/합니다). （聽說/他說之前韓服很貴。）

	한국에 갔습니다.	한국에 갔다고(요/합니다). （聽說/他說去了韓國。）
過去	눈이 왔어요.	눈이 왔다고(요/합니다). （聽說/他說下雪了。）
	라면을 먹었습니다.	라면을 먹었다고(요/합니다). （聽說/他說吃了泡麵。）

（2-1-5）A/V겠다고 （＋하다/引用動詞）

A/V겠다고 （＋하다/引用動詞） （形容詞用於未來形是指猜測之意）		
時制	先行要素（例句）	引用例句
未來	양명산이 아름답겠지요.	양명산이 아름답겠다고(요/합니다). （聽說/他說陽明山應該會很美。）
	김치가 맛있겠어요.	김치가 맛있겠다고(요/합니다). （聽說/他說泡菜應該會很好吃。）
	한복이 비싸겠어요.	한복이 비싸겠다고(요/합니다). （聽說/他說韓服應該會很貴。）
	한국에 가겠습니다.	한국에 가겠다고(요/합니다). （聽說/他說將要去韓國。）
	눈이 오겠어요.	눈이 오겠다고(요/합니다). （聽說/他說將要下雪。）
	라면을 먹겠습니다.	라면을 먹겠다고(요/합니다). （聽說/他說將要吃泡麵。）

（2-1-6）A/V을/ㄹ 거라고 （＋하다/引用動詞）

A/V았/었/었다고 （＋하다/引用動詞）		
時制	先行要素（例句）	引用例句
未來	양명산이 아름답겠지요.	*양명산이 아름다울 거라고(요/합니다). （聽說/他說陽明山應該會很美。） （文法雖對，但這樣的口語猜測非適當）

	김치가 맛있겠어요.	김치가 맛있을 거라고(요/합니다). （聽說/他說泡菜應該會很好吃。）
	한복이 비싸겠어요.	한복이 비쌀 거라고(요/합니다). （聽說/他說韓服應該會很貴。）
未來	한국에 가겠습니다.	한국에 갈 거라고(요/합니다). （聽說/他說將要去韓國。）
	눈이 오겠어요.	눈이 올 거라고(요/합니다). （聽說/他說將要下雪。）
	라면을 먹겠습니다.	라면을 먹을 거라고(요/합니다). （聽說/他說將要吃泡麵。）

（2-2）疑問形

（2-2-1）N(이)냐고　（＋하다/引用動詞）

N(이)냐고　（＋하다/引用動詞）		
時制	先行要素（例句）	引用例句
現在	이것이 책입니까?	이것이 책이냐고(요/합니다). （他問說這個叫做書嗎？）
	상철이는 미남입니까?	상철이는 미남이냐고(요/합니다). （他問說上徹是美男子嗎？）
	천재의 반의어는 바보예요?	천재의 반의어는 바보냐고(요/합니다). （聽說天才的反意語是笨蛋嗎？）

（2-2-2）A(으)냐고　（＋하다/引用動詞）

A(으)냐고　（＋하다/引用動詞）		
時制	先行要素（例句）	引用例句
現在	양명산이 아름다워요?	양명산이 아름다우냐고(요/합니다). （他問說陽明山很美嗎？）
	김치가 맛있어요?	김치가 맛있(으)냐고(요/합니다). （他問說泡菜很好吃嗎？）

| 現在 | 한복이 비쌉니까? | 한복이 비싸냐고(요/합니다).
（他問說韓服很貴嗎？） |

（2-2-3）V느냐고 （＋하다/引用動詞）

V느냐고 （＋하다/引用動詞）		
時制	先行要素（例句）	引用例句
現在	한국에 갑니까?	한국에 가(느)냐고(요/합니다). （他問說去韓國嗎？）
	눈이 와요?	눈이 오(느)냐고(요/합니다). （他問說下雪嗎？）
	라면을 먹습니까?	라면을 먹(느)냐고(요/합니다). （他問說吃泡麵嗎？）

（2-2-4）N이었/였냐고 （＋하다/引用動詞）

N이었/였냐고 （＋하다/引用動詞）		
時制	先行要素（例句）	引用例句
過去	이것이 책이었습니까?	이것이 책이었냐고(요/합니다). （他問說這個以前叫做書嗎？）
	상철이는 미남이었습니까?	상철이는 미님이었냐고(요/합니다). （他問說上徹以前是美男子嗎？）
	천재의 반의어는 바보였어요?	천재의 반의어는 바보였냐고(요/합니다). （他問說天才以前的反意語是笨蛋嗎？）

（2-2-5）A았/었/였냐고 （＋하다/引用動詞）
　　　　V았/었/였냐고 （＋하다/引用動詞）

A/V았/었/였냐고 （＋하다/引用動詞）		
時制	先行要素（例句）	引用例句
過去	양명산이 아름다웠어요?	양명산이 아름다웠냐고(요/합니다). （他問說之前陽明山很美嗎？）

過去	김치가 맛있었어요?	김치가 맛있었냐고(요/합니다). （他問說之前泡菜很好吃嗎？）
	한복이 비쌌습니까?	한복이 비쌌냐고(요/합니다). （他問說之前韓服很貴嗎？）
	한국에 갔습니까?	한국에 갔냐고(요/합니다). （他問說去韓國了嗎？）
	눈이 왔어요?	눈이 왔냐고(요/합니다). （他問說下雪了嗎？）
	라면을 먹었습니까?	라면을 먹었냐고(요/합니다). （他問說吃泡麵了嗎？）

（2-2-6）A/V겠냐고 （＋하다/引用動詞）

A/V겠냐고 （＋하다/引用動詞） （形容詞用於未來形是指猜測之意）		
時制	先行要素（例句）	引用例句
未來	양명산이 아름답겠지요?	양명산이 아름답겠냐고(요/합니다). （他問說陽明山應該會很美嗎？）
	김치가 맛있겠어요?	김치가 맛있겠냐고(요/합니다). （他問說泡菜應該會很好吃嗎？）
	한복이 비싸겠어요?	한복이 비싸겠냐고(요/합니다). （他問說韓服應該會很貴嗎？）
	한국에 가겠습니까?	한국에 가겠냐고(요/합니다). （他問說將要去韓國嗎？）
	눈이 오겠어요?	눈이 오겠냐고(요/합니다). （他問說將要下雪嗎？）
	라면을 먹겠습니까?	라면을 먹겠냐고(요/합니다). （他問說將要吃泡麵嗎？）

（2-2-7） A/V을/ㄹ 거냐고 （＋하다/引用動詞）

A/V을/ㄹ 거냐고 （＋하다/引用動詞） （此用法偏向口語，A/V未來形是指猜測之意）		
時制	先行要素（例句）	引用例句
未來	양명산이 아름답겠지요?	*양명산이 아름다울 거냐고(요/합니다). （他問說陽明山應該會很美嗎？） （文法雖對，但這樣的口語猜測非適當）
	김치가 맛있겠어요?	김치가 맛있을 거냐고(요/합니다). （他問說泡菜應該會很好吃嗎？）
	한복이 비싸겠어요?	한복이 비쌀 거냐고(요/합니다). （他問說韓服應該會很貴嗎？）
	한국에 가겠습니까?	한국에 갈 거냐고(요/합니다). （他問說將要去韓國嗎？）
	눈이 오겠어요?	눈이 올 거냐고(요/합니다). （他問說將要下雪嗎？）
	라면을 먹겠습니까?	라면을 먹을 거냐고(요/합니다). （他問說要吃泡麵嗎？）

（2-3） 命令形

（2-3-1） V(으)라고 （＋하다/引用動詞）

V(으)라고 （＋하다/引用動詞）		
時制	先行要素（例句）	引用例句
現在	한국에 가라!	한국에 가라고(요/합니다). （他（命令）說去韓國。）
	빨리 집에 와라!	빨리 집에 오라고(요/합니다). （他（命令）說快點回家。）
	라면을 먹어라!	라면을 먹으라고(요/합니다). （他（命令）說吃泡麵。）

（2-4）請誘形

（2-4-1）V자고 （＋하다/引用動詞）

V자고 （＋하다/引用動詞）		
時制	先行要素（例句）	引用例句
現在	한국에 가자!	한국에 가자고(요/합니다). （他說一起去韓國吧！）
	빨리 공부합시다!	빨리 공부하자고(요/합니다). （他說快一點一起讀書吧！）
	라면을 먹읍시다!	라면을 먹자고(요/합니다). （他說一起吃泡麵吧！）

（2-5）感嘆形

（2-5-1）與（2-1）平敘形相同

依照（2）間接引用的各項用法		
時制	先行要素（例句） 以感嘆句為先	引用例句 以平敘形引用
現在	미인이시로구나!	미인이시라고(요/합니다). （他說真是美人啊！）
	양명산이 아름답군요!	양명산이 아름답다고(요/합니다). （他說陽明山真美！）
	정말 잘 먹는구려!	정말 잘 먹는다고(요/합니다). （他說真的很能吃！）
過去	한국에 갔구나!	한국에 갔다고(요/합니다). （他說去韓國了啊！）
	정말 많이 먹었네요!	정말 많이 먹었다고(요/합니다). （他說真的吃很了啊！）

4.2.9. 補助用言（助動詞，auxiliary predicate element）

　　具有獨立性質可以單獨使用的動詞或形容詞，稱之為「獨立用言」。譬如「가다/오다/버리다/내다…」等，皆具有可以獨自擔當完整表達的功能。而沒有獨立性質、不能夠單獨使用的動詞或形容詞，則稱之為「依存用言」或者「補助用言」。「依存/補助用言」沒有獨立性質，那是因為這些語言單位是用來限制、修飾、補充、添加、修補「獨立用言」的功能語法單位。也因為依照這些功能，「依存/補助用言」可以分類為許多用途、範圍。

4.2.9.1. 補助動詞（보조동사，auxiliary verbs）

　　補助動詞的功能與位置如下圖：

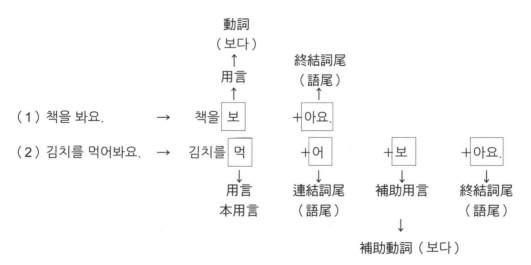

　　補助用言是對於句子當中「本用言」的部分所表現出的語意（狀態或動作）上，再添加話者的心理態度，或者追加、補足其他意境的用言。補助用言大多是與特定詞尾（語尾）類共構，形成互相關聯之語法單位。依照韓語學校文法的規定，補助動詞可以分為下列幾項：

（1）否定：(-지) 아니하다(않다)/말다/못하다

（2）使動：(-게) 하다/만들다

（3）被動：(-아/어/여)지다，(-게) 되다

（4）進行：(-아/어/여) 가다/오다，(-고) 있다/계시다

（5）承認：(-기는) 하다

（6）幫助：(-아/어/여)주다/드리다

（7）試行：(-아/어/여) 보다

（8）強勢：(-아/어/여) 대다，(-아/어/여) 쌓다

（9）保有：(-아/어/여) 두다/놓다/가지다

（10）斟酌：(-아/어/여) 보이다

（11）終結（完了）：(-고) 나다，(-아) 내다/버리다，(-고야) 말다

（12）義務（必然）：(-아/어/여)야 하다

　　　其各分類用法如下表簡述：

	構造		解釋與範例
	共構連結詞尾 （語尾）	補助動詞	
1	-아/어/여	가다	表動作向未來持續或漸進 사랑이 시들어 간다. （愛正在凋謝。）
2	-아/어/여	오다	表動作由過去持續而來 오랫동안 그 일을 해왔다. （長久以來一直做那件事情。）

3	-고	있다	表動作正在進行或長期狀態 점심을 먹고 있다. （正在吃午餐）
4	-고	계시다	表動作正在進行或長期狀態，「-고 있다」之尊待形 책을 읽고 계신다. （正在讀書）
5	-아/어/여	있다	表動作完成狀態持續（正～著） 꽃이 많이 피어 있다. （開了好多花）
6	-아/어/여	드리다	表幫助/呈給 안내해 드릴까요? （需要幫您引導/介紹嗎？）
7	-아/어/여	주다	表幫助 책을 읽어 주셨다. （幫我念了書/念了書給我聽）
8	-아/어/여	보다	表嘗試 읽어 보세요. （請讀看看。）
9	-아/어/여	두다	表動作完成後狀態持續/備用 불을 켜 두고 잠이 들었다. （開著電燈睡著了。） 이 말은 반드시 외워 두세요. （這句話請一定要記下來。）

　　如上表中所示，每一種補助動詞皆有各自專屬共構的詞尾（語尾）形態，但是本節當中所列出之20餘種補助動詞，並非包含韓語所有補助動詞之各種類型，列屬於補助動詞的語言單位中，尚有相當龐大的用法，不足之處留待日後再作補足。

4.2.9.2. 補助形容詞（보조형용사，auxiliary adjective）

補助形容詞的功能與位置如下圖：

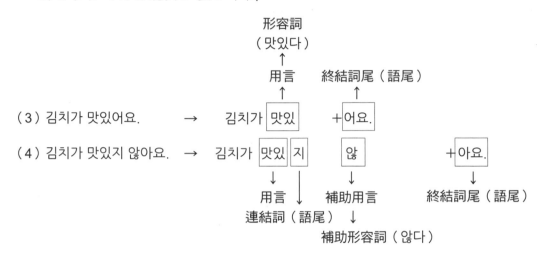

依照韓語學校文法的規定，補助形容詞可以分為下列幾項：

（1）希望：(-고) 싶다

（2）否定：(-지) 아니하다(않다)/못하다

（3）推測：(-은가/-ㄴ가，나) 보다，(-나，-가) 싶，듯하다

（4）狀態：(-아/어/여) 있다/계시다

（5）承認：(-기는) 하다

其各分類用法如下表簡述：

	構造		解釋與範例
	共構連結詞尾（語尾）	補助形容詞	
1	-고	싶다	表意圖 라면을 먹고 싶다. （想吃泡麵。）

2	-지	않다	表否定 생각은 옳지 않다. （想法不對。）
3	-은가 -나	보다 보다 싶다 듯하다	表猜測 예쁜가 보다. （似乎很美。） 가나 보다/싶다/듯하다. （似乎要去。）
4	-지	못하다	表外在或內在條件無法/不能 발음이 정확하지 못하다. （發音不正確。）
5	-기(는/도/만)	하다	表僅是 부지런하기만 하면 돼요. （只要勤勞就可以。）

　　如上表中所示，補助形容詞基本上相對數量較少，而每一種補助形容詞皆有各自專屬共構的詞尾（語尾）形態，但是本節當中所列出之5種補助形容詞，並非包含韓語所有補助形容詞之各種類型，列屬於補助形容詞的語言單位中，尚有其他未列入說明中，不足之處留待日後再作補足。

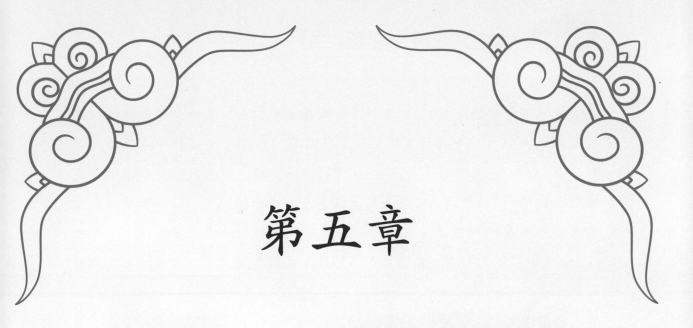

第五章

韓文文法規範

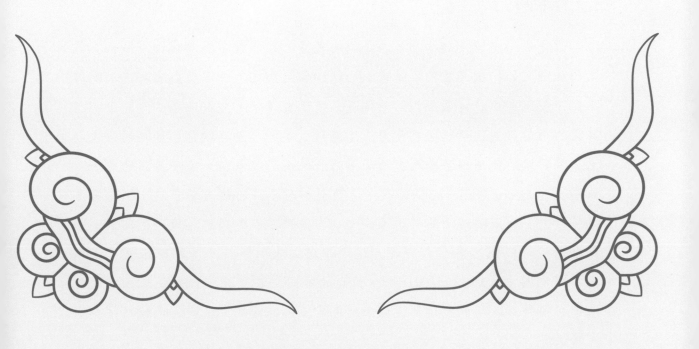

5.1 韓文文法研究起源

　　「文法」的研究最早發現於公元前6世紀左右的印度鐵器時代，而西方文法最早則始於公元前3世紀左右，由希臘文化開始。至於最早紀錄韓語學習相關的書籍應該是始於高麗年間（中國宋朝時期）的《雞林類事》（계림유사）。宋朝孫穆於高麗肅宗3年（1103年）時，以書狀官身分跟隨使臣來訪，記錄約360個韓語語彙並編纂成書。之後於1653年，有一荷蘭東印度公司船隊經商途中突遇暴風雨，擱淺於韓國濟州島，當時船隊中一位名叫Hamel（하멜）的船員，在韓國生活14年，回國後提交了《蘭船濟州島難破記》（난선제주도난파기，Relation Naufrage d'un Vaisseau Hollandois）與附錄《朝鮮國記》（조선국기，Description du Royaume de Corée）報告書。這本報告書紀錄了這些年來他在朝鮮半島的生活，日後在韓國被稱為《Hamel漂流記》（하멜표류기）。而這本記錄了韓國地理、民俗風情、軍事交流等報告的內容中，還包含了部分有關日常生活的荷韓詞彙對譯，成為第一本介紹朝鮮半島的書籍。

　　但是嚴格來說，這些都並非是語法書籍，只能說是將韓國介紹給世界認識的一個開始。後來在朝鮮時代，約莫19世紀初期，外國勢力漸漸進入朝鮮半島，最先是由於傳教士們因為傳教必須學習韓語，漸漸地這些傳教士們將韓語的詞彙與自己母語的詞彙對譯後編輯成書，接著再以自己母語的語法為主，將韓語的使用現象套入自己母語語法的規則體系內，詮釋韓語的文法，如Horace Grant Underwood等西方傳教士。而此時的韓國學者們，如俞吉濬（유길준）、周時經（주시경）等人，在接觸了西方文化之後，也漸漸著手對自己的母語進行詮釋與研究。這段韓國文法萌芽時間，在韓國歷史上稱為「開化期」（約1876-1910）。韓國的本國文法研究，可說最先始於開化期，在經歷百餘年的精進與淬鍊來到現代後，韓國的文法研究已經可謂相當完善。

5.2 韓文文法屬性範圍

英文的「Grammar」，在漢語一般皆譯為「文法」或者「語法」，而這裡的「文法」或者「語法」，通常指的是一種範圍較為寬廣、泛指「語法系統」之意。也就是說，「文法」或者「語法」是指有關語言中的「句子」、「短語」（詞與詞之結合）、「詞」（詞彙）等之結構規律，再進一步放寬解釋的話，亦可解釋為「語言的使用規則」或語法系統」（grammatical system）。

若依照研究「文法」（或語法）的態度來劃分，可以分為（1）理論文法（이론문법，theatrical grammar）與（2）實用文法（실용문법，practical grammar）等2種。其中（1）「理論文法」簡單而言，是一種「欲將語言使用情況實際體制化」的理論，也就是說透過一定的體制規則，便可以套用在語言任何情況的使用。而（2）「實用文法」則是一種對語言使用上對錯價值之判斷規則，也就是語言該於何種情況之下、該如何使用才是正確的一種理論。

在西方堪稱是現代語言教父的喬姆斯基（Avram Noam Chomsky）於1957年所著之《句法結構》（통사 구조，Syntactic Structures），給現代研究語法現象、領域帶來極大影響，此一理論簡單來說，是認為說話的方式（詞彙的排列）必定會遵循一定的句法，而這種句法是以形式的語法為特徵，就是一種不受語言環境影響並帶有轉換、變形生成規則的語法。譬如，小孩子與生俱來便可以學習所有人類語言基本結構的知識，這種與生俱來的能力或知識稱為「普通文法」。這種文法理論，便是所謂的「理論文法」。

韓國的早期文法研究（1906～1930年間）偏向於理論文法，後來大約至1930年以後則偏屬於「實用文法」，這實用文法範圍裡，大致上可再細分為（2-1）規範文法與（2-2）學校文法（又稱教科文法）。其中（2-1）規範文

法是指「綴字法」（맞춤법，spelling）這類的文法規定，而（2-2）學校文法則是指1895年後專門用於學校教育上所使用的文法。有關韓國文法分類，簡單說明如下圖所示：

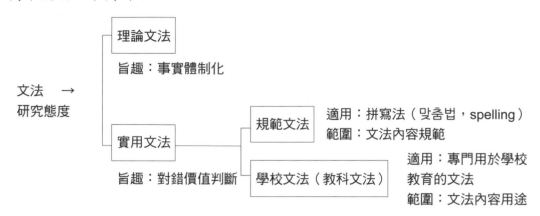

5.3 韓文語文規範

有關韓文使用現象的相關規範，分成以下幾類簡述之。

5.3.1. 韓文拼寫法/綴字法/正書法（맞춤법/철자법/정서법，spelling）

（1）名稱順序

　　所謂「韓文拼寫法」，是指對於韓文字體系的確認以及韓文字書寫的規範。而它的「綴字法」名稱，最早是出現在1909年「國文研究議定案」（국문연구의정안）第10項當中。後來韓國民間學術研究學會（朝鮮語學會）（조선어학회）於1933年也提出「韓文字拼寫法統一案」（한글맞춤법통일안）當中的「拼寫法」（맞춤법）一詞。時至近代，漸漸有學者用「正書法」（정서법）來加以詮釋其名稱的適切性，因為韓語系統當中不僅僅是純韓語（固有語），亦包含「漢字語」以及「外來語」，所以以「正書法」（정서법）的用法來說明韓語文法規範時，包含了所有在韓語系統中的語言種別。

（2）規範順序

　　「韓文拼寫法」若是以制定內容規範的時間順序來看，大致上可分成8個階段：

第一：《訓民正音》（훈민정음）（1445）時期

第二：「新訂國文」（신정국문）（1905）時期

第三：《國文研究議定案》（국문연구의정안）（1909）時期

第四：「普通學校用諺文綴字法」（보통학교용 언문 철자법）（1912）時期

第五：「諺文綴字法」（언문 철자법）（1930）時期

第六：「韓文拼寫法統一案」（한글 맞춤법 통일안）（1933）時期

第七：「韓文簡素化案」（한글 간소화안）（1953）時期

第八：「韓文拼寫法」（한글 맞춤법）（1988）時期。

　　而這八項時期，並不包括北韓的「朝鮮語新綴字法」（조선어 신철자법）（1948）與「朝鮮語綴字法」（조선어 철자법）（1954）以及「朝鮮語規範集」（조선말 규범집）（1966）。

①《訓民正音》（훈민정음）（1445）時期

　　韓文之所以會有文法相關規範的內容出現，是因為世宗大王於1445年創製韓文文字，而後將學者其他著作部分合訂為《訓民正音》一書，這才成為當時規範韓文文字的「最初文法書」。此時期的韓文文法內容規範，大致上是1）韓文字創字的原理與讀音、2）子母音共構成音節組合類形，也就是說，這是一部屬於音韻論的文法書籍。

②新訂國文（신정국문）（1905）時期

　　「新訂國文」是在1905年由學者池錫永（지석영）向朝鮮高宗建議後，由議政府（當時最高行政機關）於官報上公告的表記法。但是公布不久之後便引起了不小的議論，最主要是因為他主張新創立部分新文字符號，所以引起不少學者們的反對，於是，於學部（학부，朝鮮後期負責當時學務行政之單位）底下設立了「國文研究所」（국문연구소）進行議論研究。

1）新訂國文五音象形辨

ㄱ【牙音，象牙形。】，ㅋ【牙音，重聲。】，ㆁ【牙喉間音，象喉扇形。〇音失其　，今姑闕之。】，ㄴ【舌音，象舌形。】，ㄷ【舌音，象掉舌形。】，ㅌ【舌音，重聲。】，ㄹ【半舌音，象捲舌形。】，ㅁ【唇音，象口形。】，ㅂ【唇音，象半開口形。】，ㅍ【唇音，象開口形。】，ㅅ【齒音，象齒形。】，ㅈ【齒舌間音，象齒齦形。】，ㅊ【齒音，重聲。】，△【半齒音，象半　齒形。〇音失其　，今姑闕之。】，ㅇ【淺喉音，象喉形。】，ㆆ【喉齒間音，象喉齶形。〇音失其　，今姑闕之。】，ㅎ【深喉音。】

2）新訂國文初中終三聲辨

◎初聲終聲通用八字

ㄱ【기윽】，ㄴ【니은】，ㄷ【디귿】，ㄹ【리을】，ㅁ【미음】，ㅂ【비읍】，ㅅ【시옷】，ㅇ【이응】。ㄱㄴㄷㄹㅁㅂㅅㅇ八字난 用於初聲 윽은귿을음읍옷응八字난 用於終聲。】

◎初聲獨用六字

ㅈ【지】，ㅊ【치】，ㅋ【키】，ㅌ【티】，ㅍ【피】，ㅎ【히】

◎中聲獨用十一字

ㅏ【아】，ㅑ【야】，ㅓ【어】，ㅕ【여】，ㅗ【오】，ㅛ【요】，ㅜ【우】，ㅠ【유】，ㅡ【으】，　〓【이으의 合音】，ㅣ【이】

3）新訂國文合字辨

初聲ㄱ字를 中聲ㅏ字에 倂하면 가字를 成하고 終聲ㅇ字를 가字에 合하면 강字가 되나니 餘倣此하니라。

4）新訂國文高低辨

上聲去聲은 右加一點【我東俗音에 上去聲이 別노 差等이 無함이라。】하고 平入兩聲은 無點이오 凡做語之曳聲에 亦加一點하니라。

5）字音高低標

動【움즉일동】, 同【한가지동】, 禦【막을어】, 魚【고기어】之類餘倣此하니라。

6）做語曳聲標

簾【발렴】, 足【발족】, 列【벌릴렬】, 捐【버릴연】之類餘倣此하니라。

7）新訂國文疊音刪正辨

ㄱ、ㄴ、ㄷ、ㄹ、ㅁ、ㅂ、ㅅ、ㅇ、ㅈ、ㅊ、ㅋ、ㅌ、ㅍ、ㅎ 十四字가 가나다라마바사아자차카타파하 字의 疊音으로 用하기에 刪正함이라。

8）新訂國文重聲釐正辨

ㄲㄸㅃㅆㅉ난 ㄱㄷㅂㅅㅈ의 重聲이라 古昔에 까따빠싸짜로 行하더니 挽近에 漢文疊字의 ㄹ를 倣하야, ㅺㅏ ㅼㅏ ㅽㅏ 싸짜로 用함이 還屬便易로대, ‘以'字를 ‘ㅄㅕ’로 釋함은 無由하기 ㅅ傍에 ㅂ을 併用함을 廢止함이라。

③《國文研究議定案》（국문연구의정안）（1909）時期

19世紀末時，韓文文法專注於「語彙形態素（實質形態素）＋文法形態素（依存形態素）」之間的關係探討，以韓國學者周時經為首的學者們組成「國文研究所」，以韓文為研究對象，共同推出《國文研究議定案》（국문연구의정안）。這議定案一共10項，其內容如下：

一、國文의 淵源과 字體及 發音의 沿革（可）

二、初聲中 ㅇ ㆆ ㅿ ◇ ᄝ ㅸ ㆄ ㅃ 八字의 復用當否（否）

三、初聲의 ㄲ ㄸ ㅃ ㅆ ㅉ ㆅ 六字 並書의 書法一定（可, ㆅ은 폐기）

四、中聲字 ‘·’ 자 폐지 및 ᆖ자창제의 당부（否）

五、終聲의 ㄷㅅ 二字用法及 ㅈㅊㅋㅌㅍㅎ 六字도 終聲에 通用當否（可）

六、字母의 七音과 清濁의 區別如何（五音과 清音, 激音, 濁音으로 구분）

七、四聲票의 用否及 國語音의 高低法（四聲票는 不用, 長音 左肩一點）

八、字母의 音讀一定（ㅇ 이응 ㄱ 기윽 ㄴ 니은 ㄷ 디은 ㄹ 리을 ㅁ 미음

ㅂ 비읍 ㅅ 시읏 ㅈ 지읒 ㅎ 히읗 ㅋ 키읔 ㅌ 티읕 ㅊ 치읓 ㅏ 아

ㅑ 야 ㅓ 어 ㅕ 여 ㅗ 오 ㅛ 요 ㅜ 우 ㅠ 유 ㅡ 으 ㅣ 이 ·）

九、字順行順의 一定（初聲 牙舌唇齒喉와 清激, 中聲「訓蒙字會」순）

十、綴字法（訓民政音例대로 義仍舊綴字－모아쓰기）

④「普通學校用諺文綴字法」（보통학교용 언문 철자법）（1912）時期

　　「普通學校用諺文綴字法」是日據時期（1910-1945）由朝鮮總督府頒布教育飭令後實行之有關韓文拼寫法的規定。日本占據期間一共頒布了4次教育飭令（分別為1911、1922、1938、1943年），而後在1921年時亦頒布了「普通學校用諺文綴大要」（보통학교용 언문 철자법대요）（1921），用來補充1912年的綴字法案部分內容。其內容主要如下：

1）以首爾方言為主。

2）「·」廢止，但是漢字語音節中的「·」仍保存。

3）尾音「ㄹㄱ、ㄹㅁ、ㄹㅂ」雖追加確認，但「있다」與「빛」以「잇다」與「빗」為寫法。

4）表硬音當中，只承認的「ㅅ」系的合併並書（ㅺ、ㅼ、ㅽ、ㅆ），各自並書類不承認。

5）副詞只以加上「히」表記。

⑤「諺文綴字法」（언문 철자법）（1930）時期

　　自1921年實行之「普通學校用諺文綴字法大要」（보통학교용 언문철자 법대요）之後，約莫10年，由於教育界與社會各界問題聲浪不斷出現，朝鮮總督府的學務局（학무국）於1928年召集學者擬定並召開多次調查會議，這些調查會議最終確認了「諺文綴字法」（언문 철자법）。本項的主要內容如下所示：

1）表記漢語時，「댜/뎌」表記為「자저」。

2）漢字語音節中的「‧」廢止。

3）尾音表記除「ㅋ、ㅎ、ㄶ、ㅀ、ㅆ」以外，皆可。而「좋다、했」類仍表記為「조타、햇다」

4）前音節終聲為「ㅊ」者則後音節初聲為「ㅌ」，前音節終聲為「ㅌ」者則後音節初聲為「ㅊ」

5）「ㄷ」不規則的用言其終聲以「ㅅ」為表記。

6）中間音「사이시옷」開始表記，尾音無法表記時，仍可獨立表記。

7）用言語幹的母音調和中，語幹母音為「ㅣ，ㅐ，ㅔ，ㅚ，ㅟ，ㅢ」時，加「-여」。

⑥「韓文拼寫法統一案」（한글 맞춤법 통일안）（1933）時期

　　「韓文拼寫法統一案」是朝鮮語學會所發表頒布的文字統一案。最初稱為「마춤법」（拼寫法的舊稱），於1940時才表記為「맞춤법」（拼寫法）。這也是在南北韓分裂之前所訂定下的表記法案，所以基本上南北韓後來各自發展的綴字法案內容，其修訂的原本來源應該是相同的。在此簡單說明其制訂3大面向，細部內容則不再細舉。

1） 韓文綴字法（한글 마춤법）是將標準語按其音表記，但以合於語法為原則。

2） 標準語大體上是訂為現在中流社會中所使用之首爾話。

3） 句子當中的各個單詞與單詞之間分寫，助詞則書寫於單詞後。

⑦「韓文簡素化案」（한글 간소화안）（1953）時期

　　1954年李承晚（이승만）提出廢止現行韓文拼寫法，欲恢復舊韓語（구한말）（1895年代）的拼寫法系統。韓語拼寫法至1950年代時，多半已經具有「表形態性」、「分綴」等特性，而李承晚算是舊韓時代的人物，其學習的語言是以「表音」與「連綴、重綴」為特性的時代，或許正因為如此而感覺語言使用的不便，而命令當時文教部提案並強行通過國會，導致各地的反對聲浪湧起，最終於1955年時，李承晚撤銷此案。此項案件主要內容如下：

1） 終聲尾音只承認ㄱ，ㄴ，ㄷ，ㄹ，ㅁ，ㅂ，ㅅ，ㅇ，ㄺ，ㄻ，ㄼ（同於諺文綴字法時期）。

2） 用言語幹不表記終聲符號，實行連綴表記法。

3） 不表記語源。（實行連綴、表音之意）

⑧「韓文拼寫法」（한글 맞춤법）（1988）時期

　　國語研究所受當時文教部委託從1985年起著手修訂韓文拼寫法，於1988年正式確定了「韓語拼寫法」。1988年之後仍有少許針對特定內容局部修正，如2014年修訂部分句子符號的使用規定等。1988年的「韓語拼寫法」，可以說是規範現代韓語文法內容最詳盡的一部綴字法案，早從1445年《訓民正音》的音韻論，一路修訂至1988年的現代版本，此近乎500年的文字史、文法史之修訂，著實不易。以下簡列出本項拼寫法構成之章節，其細部內容則不再細舉。

1）第一章　總則

2）第二章　字母

3）第三章　聲音相關

4）第四章　形態相關

5）第五章　分寫法

6）第六章　其他部分以及附錄句子（文章）符號

5.3.2. 韓文學校文法（학교문법，school grammar）

　　所謂「學校文法」或「教科文法」，是指專門使用於學校機關教導文法用之內容規範。「學校文法」與前章節所敘述之「綴字法/拼寫法」其實是一體兩面的，也就是說，「學校文法」是以「綴字法」或「拼寫法」為骨幹而形成的。若以時間順序來排列，韓文的「綴字法」或「拼寫法」最早可推至1445年的《訓民正音》開始，直至現代的1988年拼寫法（或2014年）為止，這段期間不斷更新規範韓文文法的內容而成的所謂「學校文法」，則是

在甲午改革後一年的1895年，由大韓帝國的學部所規定，並在各小學實施之教育開始（소학교 교칙대강，小學校校則大綱）。換言之，拼寫法是規範韓文所有語言現象的內容，而學校文法則是依照學校教學用途所規範文法教學內容，也就是依照「韓文拼寫法」制定的統一內容，訂定適合於各級學校教學的文法範圍。

然而，「學校文法」在發展初期時，因為沒有統一施行範本，單就在初期可以用於學校教導文法的書籍科目就達數種，也因為如此，在1957年以後的大學入學考試上便開始發生巨大問題，直至1963年文教部（문교부）才確定著手學校文法的統一作業，但是對於韓文的細部體系仍無法更進一步補充與改善。如此經過了20餘年，來到1985年時，實施了單一教科書，此時儘管實現了學校文法教育的統一理想，但是這單一教科書當中的部分細部內容，並非經過正式統一認證的內容，於是在1991年進行修改。最後，於1996年將編撰者成均館大學大東文化研究院，改編制為首爾大學師範大學國語教育研究所(這就不得而知)，爾後，「學校文法」便成了單一化的性質。

韓文的「學校文法」從1895年起至今，前後歷經了百餘年的發展，體現了一種將文法教育逐漸統一、一致化的深層意義。有關韓文「學校文法」的發展過程，一般分成（1）成立期、（2）反省期、（3）復興期、（4）革新期、（5）國定期等5個時期。簡單說明如下：

（1）成立期（성립기，1906-1930）

①1895開始實施「國語教育」（學校文法）。

②1906年開始實施新學制，師範學校3年制與高等學校4年制實施國語教育。

③1906年後俞吉濬的《朝鮮文典》（조선문전）、周時經的《大韓國文法》（대한국문법）等學者之文法書籍問世。

④多數文法書籍，內容偏向理論文法。

（2）反省期（반성기1930-1945）

①西方的學問文法深化與日本的綜合式文法並存，引起樹立本國文法的風潮。

②崔鉉培（최현배）的《韓國語本》（우리말본）依循周時經文法用語，內容中龐大的語法結構，甚至影響至1960年代的韓文文法，其著作偏向於規範文法性質。

③是繼承了「成立期」文法家理論文法類形，與「反省期」規範文法類形的共存時期。

（3）復興期（부흥기，1945-1966）

①1945年起實行自主性的韓國語教育。

②朝鮮語學會基於日據時代累積的韓國語研究能量，繼續維持著韓國光復後的韓國語教育混亂期的秩序，同時也謀求讓韓國語教育復興並且發揚光大。

③本時期迅速出現大量學者的文法書籍，並且出現與過往兩時期所主張文法見解不同的學者書籍，如鄭烈模（정렬모）的《新編高等國語文法》（신편고등국어문법）等。

④1949年9月起實施教科書檢定制度，當時有5種被認可之韓國語教育教科書。

⑤1955年實施制定綜合性的教科書課程。

⑥1957年後因為學校文法未統一，大學入學考試上產生諸多問題。

⑦1961年文教部開始著手學校文法統一案，1963年確定並修改各級學教教科書。

⑧1963年為了制訂學校文法統一案當中的文法用語統一，國語事務委員會進行表決，文法派（문법파（문법, 동사, 명사））與話本派（말본파（말본, 움직씨, 이름씨））以8:7的結果，文法派獲勝，但卻引起話本派學者強烈抗議，史稱「文法波動」。

（4）革新期（혁신기，1966-1985）

①1972年10月維新（朴正熙為長期執政而設立之超憲法非常措置）之後，高、中學校改編後，教科書縮小至5種。更取消了國中學校之教材。

②有諸多批評，認為內容不妥之細部體系沒有被修正。

③顯現出政治力影響教育的畸形時代。

（5）國定期（국정기，1985-至今）

①1981年再次修改教育課程，將「終戰後的檢定」轉換為「國定」（국정）。

②1985年實施單一教科書。

③1991年再次修改單一教科書細部內容。

④1996年將編撰者成均館大學大東文化研究院，改編制為首爾大學師範大學國語教育研究所。

參考資料

강복수(1972), 『국어문법사연구』, 형설출판사

강승식(2002), 『한국어 형태소분석과 정보검색』, 홍릉과학출판사

강진식(1996), 『국어 형태론 연구』, 원광대학교 출판부

감진호·정영벽(2010), 『외국인을 위한 한국어 문법』, 역락

고영근(1983), 『국어문법의 연구』, 탑출판사

고영근(1990), 『國語文法의 研究』, 탑출판사

고영근(2007), 한국어의 시제 서법 동작상

고영근·구본관(2018), 『우리말 문법론』, 집문당

고영근·구본관(2018), 『쓰기·말하기 능력 향상을 위한 모든 한국어의 문형』, 집문당

국립국어연구원(1997), <한글 맞춤법>, 『한국어 연수 교재』, 국립국어연구원

김기혁(1995), 『한국 문법 연구』, 박이정

김민수(1973), 『국어정책론』, 고려대학교출판부

김민수·하동호·고영근 편(1977-1986), 『역대한국문법대계』, 탑출판사

김선효(2011), 『관형어 연구』, 역락

김승곤(1986), 『한국어 통어론』, 아세아문화사

김승곤(2011), 『21세기 우리말본 여구』, 경진

김완진(1970), 『국어음운체계의 연구』, 일조각

김완진(1996), 『문자와 언어』, 신구문화사

김일병(2000), 『국어 합성어 연구』, 역락

김정남(2005), 『국어 형용사의 연구』, 역락

김정은(2000), 『국어 단어형성법 연구』, 박이정

김중진(1999), 『국어 표기사 연구』, 태학사

김형철(1997), 『개화기 국어연구』, 경남대 출판부

권재일(2006), 『한국어 통사론』, 민음사

나찬연(2013), 『중세 국어 문법의 이해』, 교학연구사

남기심(1996), 『국어 조사의 용법』, 박이정

남기심·고영근(2007), 『표준국어문법론』, 탑출판사

리의도(2001), 『이야기 한글 맞춤법』, 석필

문숙경(2008), <시제 어미 및 시제 상당 표현의 사용과 관련한 몇 문제>, 한국어의미학27, 45-73

박봉자(2002), 『외국인로서의 한국어 문법 사전』, 연세대학교 출판부

박선우(2016), <한국어 이중모음 /의/의 단모음화 양상>, 『음성음운형태론연구』 제22집 제1호, 35-54

박승빈(1935), 『조선어학』, 조선어학연구회

서병주(1973), 『국어문법논고』, 형설출판사

서정수(1981), 「합성어에 관한 문제」, 한글 173 174

서정수(1984), 『존대법의 연구』, 한신문화사

서정수(1990), 『국어 문법의 연구 2』, 한신문화사

성기철(1985), 『현대 국어 대우법 연구』, 개문사

송철의(1992), 『국어의 파생어 형성 연구』, 태학사

시정곤(1999), 『국어의 단언형성원리』, 한국문화사

楊人從(2007), 『韓語語法』, 明文書局

楊人從(2018), 『新觀念韓語法』, 眾文圖書公司

유현경·한재영·김홍범·이정택·김성규·강현화·구본관·이병규·황화상·이진호 (2018), 『한국어 표준 문법』, 집문당

윤석민(2000), 『현대국어 문장종결법』, 집문당

이기문·김진우·이상억(1984), 『국어음운론』, 학연사

이길록(1974), 『국어문법연구』, 일신사

이관규(2004), 『학교 문법론』, 월인

이광정(2003), 『국어문법연구I』(품사), 역락

이병근(1979), 『음운현상에 있어서의 제약』, 탑출판사

이병근·최명옥(1997), 『국어음운론』, 한국방송대학교 출판부

이석주·이주행(2006), 『한국어학 개론』, 보고사

이선웅(2012), 『한국어 문법론의 개념어 연구』, 월인

이숭녕(1955), 『음운론연구』, 민중서관

이승재(1998), 「차자표기의 변화」, 『국어사연구』, 태학사

이양혜(2000), 『국어의 파생접사화 연구』, 박이정

이익섭(2008), 『한국어 문법』, 서울대학교출판부

이익섭(2000), 『국어학개설』, 개정판, 학연사

이은경(2000), 『국어 연결어미 연구』, 태학사

이정민·배영남·김용석(2000), 『언어학사전』, 전영사

이주행(2006), 『한국어 문법』, 월인

이정복(2001), 『국어 경어법 사용의 전략적 특성』, 태학사

이필영(1993), 『국어의 인용구문 연구』, 탑출판사

이호영(1996), 『국어 음성학』, 태학사

이희승(1955), 『국어학개설』, 민중서관, 1955

이희승·안병희·한재영(2017), 『보정 한글 맞춤법 강의』, 신구문화사

장윤희(2002), <현대국어 르-말음 용어의 형태사>, 『어문연구』, 30(2), 61-83

전상범(1977), 『생성음운론』, 탑출판사

전정례·김형주(2002), 『훈민정음과 문자론』, 역락

정길남(1997), 『개화기 교과서의 우리말 연구』, 박이정

정연찬(1980), 『한국어음운론』, 개문사

정열모(1946), 『신편고등국어문법』, 한글문화사

정원수(1992), 『국어의 단어 형성론』, 한신문화사

전희정(2000), 『한국어 명사 연구』, 한국문화사

朝鮮語學會(1933), 「한글 맞춤법 통일안」京城 : 朝鮮語 學會.

최명옥(2004), 『국어 음운론』, 태학사

최현배(1937), 『우리말본』, 연희전문학교출판부

최현배(1971), 『우리말본』, 정음사

최형용(2003), 『국어 단어의 형태와 통사』, 태학사

한 길(2006), 『현대 우리말의 형태론』, 역락

한동완(1996), 『국어의 시제 연구』, 태학사

허 웅(1965), 『국어음운학』, 정음사

호광수(2003), 『국어 보조용언 구성 연구』, 역락

홍사만(2002), 『국어 특수조사 신연구』, 약락

홍종선(1998), 『근대국어문법의 이해』, 박이정

홍종선(2009), <20세기 국어 문법의 통시적 변화>, 국어국문학회, (152),35-61

황화상(2001), 『국어 형태 단위의 의미와 단어 형성』,월인

國家圖書館出版品預行編目資料

韓語三部法：音韻‧構詞‧句法 / 吳忠信著
-- 初版 -- 臺北市：瑞蘭國際, 2020.10
240 面；19 × 26 公分 --（外語學習系列；83）
ISBN：978-957-9138-97-0（平裝）
1. 韓語 2. 讀本
803.28   109013180

外語學習系列 83

韓語三部法：音韻‧構詞‧句法

作者｜吳忠信
責任編輯｜潘治婷、王愿琦
校對｜吳忠信、潘治婷、王愿琦

封面設計、版型設計｜陳如琪
內文排版｜邱亭瑜、陳如琪

瑞蘭國際出版
董事長｜張暖彗‧社長兼總編輯｜王愿琦

編輯部
副總編輯｜葉仲芸‧主編｜潘治婷
設計部主任｜陳如琪

業務部
經理｜楊米琪‧主任｜林湲洵‧組長｜張毓庭

出版社｜瑞蘭國際有限公司‧地址｜台北市大安區安和路一段 104 號 7 樓之一
電話｜(02)2700-4625‧傳真｜(02)2700-4622‧訂購專線｜(02)2700-4625
劃撥帳號｜19914152 瑞蘭國際有限公司
瑞蘭國際網路書城｜www.genki-japan.com.tw

法律顧問｜海灣國際法律事務所　呂錦峯律師

總經銷｜聯合發行股份有限公司‧電話｜(02)2917-8022、2917-8042
傳真｜(02)2915-6275、2915-7212‧印刷｜科億印刷股份有限公司
出版日期｜2020 年 10 月初版 1 刷‧定價｜450 元‧ISBN｜978-957-9138-97-0
　　　　　2022 年 07 月初版 2 刷